D1822355

आशा प्रभात

वरिष्ठ कथाकार आशा प्रभात का जन्म 21 जुलाई, 1958 को हुआ। उन्होंने कविता, कहानी, उपन्यास सभी विधाओं में समान अधिकार से लिखा है। हिन्दी और उर्दू में अब तक उनकी कई पुस्तकें प्रकाशित हैं जिनमें छह उपन्यास—'उर्मिला', 'धुन्ध में उगा पेड़', 'जाने कितने मोड़', 'मैं और वह', 'गिरदाब', 'मैं जनकनन्दिनी'; चार कहानी-संग्रह और दो काव्य-संग्रह हैं। उन्होंने दो चर्चित किताबों—'साहिर समग्र' और 'जब धरती नग़मे गाएगी' का संकलन व सम्पादन किया है। हिन्दी से उर्दू और उर्दू से हिन्दी में अनूदित उनकी पाँच पुस्तकें प्रकाशित हैं। उनकी रचनाओं के अनुवाद व प्रकाशन लगभग सभी भारतीय भाषाओं में हुए हैं। देश-विदेश की हिन्दी-उर्दू पत्र-पत्रिकाओं में उनकी रचनाओं का निरन्तर प्रकाशन और आकाशवाणी व दूरदर्शन से रचनाओं का प्रसारण होता रहा है।

उन्हें 'काव्य संगम पुरस्कार', 'प्रेमचन्द सम्मान', राष्ट्र भाषा परिषद् पटना द्वारा 'साहित्य सेवा सम्मान', 'दिनकर सम्मान', 'साहित्य महोपाध्याय सम्मान', बिहार उर्दू अकादमी पटना द्वारा 'सुहैल अज़ीमाबादी अवार्ड' व 'खसूसी अवार्ड', ए.बी.आई. द्वारा 'वुमन ऑफ दी इयर अवार्ड' (1998), दैनिक जागरण द्वारा 'शताब्दी सम्मान', प्रभात खबर द्वारा 'अपराजिता सम्मान', बिहार हिन्दी साहित्य सम्मेलन पटना द्वारा 'शताब्दी सम्मान' तथा कई अन्य सम्मान मिल चुके हैं।

फ़िलहाल स्वतंत्र लेखन और पत्रकारिता में सक्रिय।

ई-मेल : ashaprabhat77@gmail.com

वह आवाज

आशा प्रभात

राजकमल पेपरबैक्स

राजकमल पेपरबैक्स में
पहला संस्करण : 2024

राजकमल पेपरबैक्स : उत्कृष्ट साहित्य के जनसुलभ संस्करण

राजकमल प्रकाशन प्रा. लि.
1-बी, नेताजी सुभाष मार्ग, दरियागंज
नई दिल्ली-110 002
द्वारा प्रकाशित

शाखाएँ : अशोक राजपथ, साइंस कॉलेज के सामने, पटना-800 006
पहली मंजिल, दरबारी बिल्डिंग, महात्मा गांधी मार्ग, प्रयागराज-211 001
1, अनमोल सोराबजी सन्तुक लेन, धोबी तलाव, मरीन लाइंस, मुम्बई-400 002
वेबसाइट : www.rajkamalprakashan.com
ई-मेल : info@rajkamalprakashan.com

बी.के. ऑफसेट
नवीन शाहदरा, दिल्ली-110 032
द्वारा मुद्रित

मूल्य : ₹250

WAH AWAJ
Stories by Asha Prabhat

ISBN : 978-93-6086-319-7

राज, आशी, अंश को...

क्रम

कौन सरकार

फिर आ गई थी बरसात। आसमान पर निर्द्वंद्व हो धमा-चौकड़ी मचाने लगे थे उदे-नीले बादल समूहबद्ध हो, किसी भी समय बरसने को आतुर और समूहबद्ध हो भागने लगे थे लोग निचले इलाके से जमा-पूँजी, माल-असबाब, गठरी-मोठरी उठाए बसेरे की खोज में...। कोई ऊँची जगह...सड़क का किनारा... रेलवे प्लेटफॉर्म...स्टेशन पर उपेक्षित पड़े रेल के डिब्बे या कोई तटबंध...।

कोई बंजारे नहीं थे ये। घुमन्तू जनजाति, जिन्हें एक जगह बसना रास नहीं आता और शायद उजड़ने की पीड़ा भी नहीं होती उन्हें पर जो स्थायी बसेरे का सुख भोग चुका हो उसे अस्थायित्व का बोध बहुत सालता है, वे समझ रहे थे पर एक दर्शक की भाँति विवश थे सब कुछ देखते रहने के लिए जो अब मामूल बन चुका था रामपुरकंठ और उसके आस-पास बसे कई गाँवों के उजड़े लोगों के लिए हर साल का।

कैसे नहीं समझते वे उनका दुख-दर्द या यातना...उन्हीं में से तो एक थे वे भी। लुटे-पिटे, उजड़े लोग...। सभ्य भाषा में विस्थापित, पर यह नादान पीड़ा कहाँ समझ पाई थी सभ्य भाषा। कहाँ कम हो रही थी वह बहलाने-फुसलाने या मान-मनौवल से। हर समय कराहती रहती अपनी मौजूदगी के बोध से। सदा होनी का हवाला देकर। हाँ होनी ही तो थी वह...हारे हुओं की होनी जो अब नियति बन चुकी थी। यह सब देख उनका जख्म फिर ताजा हो उठा जैसे तेज उस्तरे से छील दिया हो किसी ने उन्हें और होंठों से आह-सी निकल गई, हे ईश्वर...यह कैसा न्याय है तेरा...?

पर उनमें से ही एक होने के बावजूद उनकी स्थिति थोड़ी अलग थी। पहली बार जब वे इस बाँध पर आए तो फिर कभी गए ही नहीं यहाँ से। बूढ़ी हड्डियों में अब उतनी कुव्वत कहाँ थी जो हर साल कन्धे पर गठरी-मोठरी लादे बउआते फिरते आश्रय की तलाश में। तिनका बटोरते...घोंसला बनाते। बाढ़ आती और फिर सब बहा ले जाती। यह उजड़ने और बसने का नृशंस खेल उन्हें मंजूर नहीं था। सो बस गए थे इसी बाँध पर। उनकी तरह के और भी लोग जो अशक्त, अक्षम और असहाय थे। बस गए थे उन्हीं की तरह इसी जगह, जो तब उजाड़ थी। नितान्त निर्जन घास-फूस से भरी हुई। एकमात्र पीपल का यह पेड़ जो उस समय अपने शैशवावस्था में था उन लोगों की उपस्थिति से बिलकुल अलिप्त ऊँघ रहा था। तब किसी ने विशेष ध्यान नहीं दिया था इसकी ओर। स्वयं को कुछ दिनों का मेहमान मानने वालों को यहाँ के पौधे या अन्य वस्तुओं से क्या सरोकार जो वे तवज्जो देते इन पर। लोगों के कहे मुताबिक उन्हें बहुत दिनों तक यहाँ रहना तो था नहीं।

लेकिन उनकी सोचों, सपनों व उम्मीदों की अवधि सुरसा का मुँह साबित हुई। बढ़ती ही गई थी दिन, महीने और वर्षों में और बढ़ती ही जा रही थी अब भी। इन दस-ग्यारह वर्षों में इस जगह ही नहीं, यहाँ की हर चीज से लगाव होता गया था सभी को। इस पीपल के पौधे से भी जो अब किशोर हो गया था। उसके नीचे ईंट जमा कर मिट्टी की पिंडी बना दी गई थीं। ब्रह्म बाबा, भैरों जी और सातों मइया की।

मनुष्य जहाँ भी रहे उसे अपना संस्कार नहीं भूलना चाहिए। नवल बाबा का कहना था सो उन पिंडियों की पूजा-अर्चना शुरू हो गई थी। गाँव के पश्चिम में पीपल के नीचे विराजते ब्रह्म बाबा, सातों मइया और भैरों बाबा को बाढ़ समेट ले गई थी अपने प्रचंड प्रवाह में। उसने देवी-देवताओं को भी नहीं बख्शा था। उन्होंने उन पिंडियों की ओर देखा। उनकी आँखें भर आईं।

"का सोच रहे हैं चाचा।"

स्वर पर चौंक कर वे वर्तमान में लौटे। रामखेलावन खड़ा था सम्मुख।

"कुछ नहीं बेटा, बस इन्हें देखकर अतीत में उलझ गया था।"

उन्होंने भीड़ की ओर इशारा करते हुए कहा।

"ई कौनो नया बात थोड़े न हए चाचा! हर साल का यही रामकठोला और रामकहानी हए। एह पर एतना माथापच्ची काहे करते हँए। पंछी का बसना आउर का उजड़ना...। चौमासा भर के लिए सब अपना अँतरा-कोना आबाद कर लेगा। ई बताइए ब्लौक आफिस चलना है कि नहीं?"

"चलना है बेटा...।"

"त तइआर रहिएगा सबेरे। भीड़ में फँस गए त सत्यानास ही समझिए। ऊपर से गेहूँ खतम हो जाए के डर अलग। पता हए न आपको?"

"और कौन काम है बेटा जो उलझ जाएँगे। जिन्दगी त इतनी ही दूरी में घिसट रही है व्यस्तता की बाट जोहते।" वे बोले और नम हो आई आँखों को गमछा के कोर से पोंछने लगे। रामखेलावन के पल्ले कुछ नहीं पड़ा। उसने सर को हल्का झटका दिया और चला गया।

पिछली बार के ब्लॉक ऑफिस का वाकया उन्हें याद आ गया। उनका मन कैसा-कैसा हो उठा। उस दिन भी वे थोड़ी देर से पहुँचे थे सेंटर पर। गेहूँ खत्म होने को था। हर ओर चीख-चिल्लाहट और अफरा-तफरी मची थी। बचे हुए गेहूँ में हर कोई खुद के लिए अपना हिस्सा चाह रहा था। वे अशक्त, भीड़ में धक्का-मुक्की नहीं कर सकते थे। सोचा, साहब के पास जाकर फरियाद करेंगे तो कुछ मिल जाएगा। वे ऑफिस की ओर बढ़ गए। ऑफिस में भी काफी भीड़ थी। वे एक ओर खड़ा हो गए थे।

"इतना गेहूँ बँट गया सर, पर भीड़ है कि मट्टा के घौंद की तरह अब भी जमा है।" किसी ने साहब से कहा।

"इन लोगों को और कोई काम भी तो नहीं है, कुछ किलो गेहूँ के लिए भर दिन जमा रहेंगे यहाँ...कामचोर! एक दिन की मजदूरी छोड़ देंगे पर मुफ्त का अनाज नहीं।" कोई बोला। सभी हो...हो...कर हँस पड़े थे। हथौड़े की तरह चोट कर गई थी उनके दिमाग में यह बात। घायल हो गया था उनका जमीर। फूट आए थे आँखों में बिलबिलाकर आँसू...। औरों का तो वे नहीं जानते पर वे जरूरतमन्द थे कामचोर नहीं। इस कुछ किलो गेहूँ का महत्त्व

या जरूरत उनसे अधिक किसको पता था। शाम को ही पत्नी बोली थी, "घर में मुट्ठी-भर अनाजो न हए, पईंचा माँग-चाँग के कय दिन चूल्हा जलतई?"

चीखकर कहना चाहते थे सभी को, वे कामचोर या भिखमंगे नहीं हैं। किसान थे कभी के। खाते-पीते किसान...पर आवाज गले में ही फँसकर रह गई थी। उन्हें लगा था गरीबी सिर्फ जलील करने के लिए ही आती है। धँस जाता है इनसान समूल धरती में। चल नहीं सकता सर उठाकर। अपमान की चोट जेहन पर लगी थी। पीड़ा दिल में उठ रही थी और आँखें बरस पड़ी थीं झर...झर...।

अब वे किसान नहीं बेबस इनसान थे, जिसे कभी भिखमंगा तो कभी कामचोर की गाली सुननी पड़ रही थी। किसान से मजदूर बनने में ज्यादा वक्त भी तो नहीं लगा था। किसी जुआ या चौपड़ में हारे रहते अपना सर्वस्व... खेत-पथार...घर-बार...माल-मवेशी तो खुद को कोसकर सब्र भी कर लेते। शर्म से आत्महत्या कर छुटकारा पा गए होते इस जानलेवा यातना से, जो न ठीक से जीने दे रही थी न मरने ही।

"वह तो ऊपरवाले की मार...रातोंरात सब कुछ उदरस्थ कर गई थी बागमती। बिना कोई अवसर दिये किसी को। उनकी तरह हजारों लोगों का वही हाल हुआ था। तुनकमिजाज चंचला बागमती नहीं बरदास्त करती अपनी राह में कोई भी बाधा...। मनमौजी कभी भी एक पथ पर स्थिर नहीं रहती। बदलती रहती है अपना रास्ता उच्छृंखल की तरह बराबर।" सुनते आए थे।

"इसकी छोटी-मोटी कारस्तानियों के तो वे खुद साक्षी थे पर अब महसूस हो रहा था उन्हें उसकी उद्दंडता की मार। अपने बेघर-बार और बेशिनाख्त होने का दर्द। दर्द की शिद्दत से फिर आँखें भर आईं उनकी। बारहा भर आया करती हैं ये। इन भीगती आँखों की तरह यह खयाल भी बराबर जेहन में सर उठाता क्यों जिन्दा हैं वे। अच्छा होता वे भी बह गए होते उस उफनती धारा में उन लोगों के ही साथ जो बहकर इन दुखों से छुटकारा तो पा गए थे। कई बार अपने खयाल को अंजाम देने पर आमादा भी हुए थे। रो पड़ी थी बड़ी बेटी, काहे मरना चाहते हैं आप? धन ही तो गया है। अम्मा हैं, हम लोग हैं। जिनके

हाथ-पाँव तक कट, गल जाते हैं वे भी मरने की नहीं सोचते। भीख माँगकर जिन्दा रहते हैं। आपको अपना ना सही, हम लोगों का भी मोह नहीं है?"

चुप रह गए थे। कहना तो चाहते थे, "यह मोह ही तो है तुम लोगों का जो अब तक जिन्दगी को सलीब की तरह कन्धे पर लादे जी रहा हूँ।"

"प्रणाम चाचा!" किसी का स्वर था।

"कौन...?" अचकचाकर उन्होंने पूछा। एक नजर में पहचान नहीं पाए थे आगन्तुक को।

"चाचा, मैं रामप्रकाश, पहचाने?"

"अच्छा...अच्छा बेटा तुम हो? सब कुशल तो है न?" पूछने को तो पूछ गए आदतन। फिर उन्हें लगा यह औपचारिक शब्द भी कभी-कभी कितना बेमानी हो जाता है। इस घोर विपत काल में यह मजाक ही तो है। वे जानते हैं क्या कुशल-मंगल होगा या है...।

"उ त आप देख ही रहे हैं चाचा। किस तरह जी रहे हैं हम लोग।" रामप्रकाश का स्वर भर्रा उठा था। वे चुप हो गए। बीबी-बच्चों के साथ रामप्रकाश आगे बढ़ गया। जगह छेकना भी तो जरूरी था। जगह भर जाने पर फिर उसे भटकना पड़ता इधर-उधर भूखे-प्यासे।

बड़े-बुजुर्ग कहते थे...हारी-बीमारी या विपदा कहकर नहीं आती। वह रात भी तो कयामत की थी पर अचानक नहीं हुआ था वह हादसा। कहने वाले कह रहे थे कि कई दिनों से थपेड़े मार-मार कर तटबंध को कमजोर कर रही थी बागमती की तेज लहरें। रात का पिछला पहर रहा होगा जब टूटा था रामपुर कंठ का बाँध। कई फीट ऊँचा ठाठें मारता आया था पानी का रेला...। प्रलय का रूप धारे और समेटता चला गया था दायरे में आने वाला सभी कुछ अपने साथ। कुछ नहीं बचा था सुबह उस धार की पट्टी के अन्दर...जहाँ से उफनती, हिलोरें मारती गुजरी थी बागमती। उन्मत्त हाथी की तरह सब कुछ रौंदती। हर ओर पानी ही पानी...। उसकी राह में आने वाले गाँव, घर, गाछ वृक्ष, माल-मवेशी जाने कहाँ बिला गए थे रातोंरात और बन गई थी वहाँ चौड़ी गहरी अथाह बागमती की नई धार...।

अब उनकी यह खुशकिस्मती या बदकिस्मती थी कि तीन दिनों पहले ही वे सपरिवार चले गए थे ससुराल सास के श्राद्ध में। बाढ़ आने की खबर वहीं मिली थी उन्हें। ज्यादा गम्भीरता से नहीं लिया था उन्होंने तब। लगा था रिसा होगा बाँध। टखने-घुटने तक आया होगा पानी गाँव में। यह तो उस इलाके की तकदीर थी। थोड़ी भी बारिश हुई नहीं कि बागमती का छिछला पेट उछालें मारने लगता था। कभी-कभी तो बिना बरसात के ही उफनाने लगती बागमती, तो लोग कहते...बरसा होगा पहाड़...।

पहाड़ यानी नेपाल का पहाड़। तिब्बत के पहाड़ से नेपाल होकर भारत की सीमाई शहर सीतामढ़ी के पश्चिम से होकर गुजरने वाली बागमती। लम्बे सफर की थकान से गुस्साई बागमती का हल्का-फुल्का क्रोध तो झेलना ही पड़ता था मैदानी क्षेत्र के बाशिन्दों को अक्सर, पर खबरिये ने जब बाढ़ की विभीषिका का खाका खींचा तो हैरान-परेशान हो उठे थे वे। एक पल भी नहीं रुके थे वहाँ, भाग खड़े हुए थे। पीछे-पीछे पत्नी भी भागी आई थी।

ऐसा भयानक दृश्य होगा...रूह को कँपा देने वाला, उनकी कल्पना तक में नहीं था। कहाँ था उनका गाँव, घर, खेत, थार। सब जलमग्न...एकबारगी तो उन्हें विश्वास ही नहीं हुआ कि यह सच है। लगा कोई फंतासी फिल्म हो या किसी जिन्न ने उठाकर तमाम बस्ती को रख दिया हो कहीं और या फिर यह कोई देवी-देवता का चमत्कार हो। एक बार गाँव में हो रहे प्रवचन में सुना था उन्होंने प्रभु कृष्ण की लीला। कैसे रातों-रात उन्होंने अपने मित्र सुदामा की झोंपड़ी की जगह महल खड़ा करवा दिया था। सिर्फ सुदामा की झोंपड़ी ही महल नहीं बनी थी बल्कि पूरा गाँव ही बदल गया था महलों के जंगल में। मित्र के द्वार पर मदद की आस लेकर गए और द्वार से खाली हाथ लौटे सुदामा खुद पर लानत भेजते व्याकुल हो ढूँढ़ते फिर रहे थे अपनी कुटिया, अपना परिवार। भौचक थे इस चमत्कार पर कि कहाँ चला गया यहाँ का गाँव और यह महलों का समूह कहाँ से उग आया इतनी ही अवधि में यहाँ।

भौचक तो वे भी थे इस चमत्कार पर। रातों-रात हुई इस भीषण तबाही पर...सुदामा की तरह वे भी बौराए से ढूँढ़ते फिर रहे थे अपनी कुटिया का

अस्थि-पंजर पर दोनों की स्थिति में बहुत अन्तर था। सुदामा को अपनी कुटिया की जगह महल मिल गया था। उनकी कुटिया का तो नामोनिशान ही नहीं था। चमत्कार तो यह भी था पर बड़ा ही क्रूर, बहुत ही बेरहम...।

पत्नी यह सब देखकर बरदास्त नहीं कर पाई। रोने लगी थी जार-जार। तिनका-तिनका जोड़कर बसाई गई उसकी गृहस्थी। कपड़ा-लत्ता, बक्सा-पेटी, चावल, अनाज से भरी कोठी। दो बैल, गाय, बछड़ा, जिसे मायके जाते समय सौंप गई थी पड़ोसी को। पड़ोसी सहित सब गायब था। चीख-चीख कर कोस रही थी अपने निष्ठुर प्राण को जो इतना कुछ देखकर भी निकल नहीं रहा था। क्या करना था अब इस जिन्दगी का। वह भी तो यही सोच रहे थे। तड़पती, फड़फड़ाती पत्नी को किसी तरह सँभाला था उन्होंने। ढाढ़स बँधाया था, आफत ने कोई हमें ही नहीं मारा है रधिया की माँ...किसी न किसी तरह सभी को घायल किया है। जो बच गए हैं उन्हें नोचा-खसोटा है। सभी रो-कलप रहे हैं। तड़प रहे हैं। सिर धुन रहे हैं। धरती पर लोट रहे हैं। पछाड़ें खा रहे हैं। देखो जाकर उन्हें। सब्र करो...सब्र-सन्तोष के अलावा कुछ भी तो नहीं बचा है हमारे पास। कहते-कहते वे फफककर रो पड़े थे। उन्हें रोता देख विकल हो उठी थी पत्नी, पोंछ ली थी अपने आँसू।

और सर छुपाने के लिए गज-भर जमीन की खोज में जिधर आफत के मारों का काफिला चल पड़ा था, वे लोग भी चल पड़े थे उसका हिस्सा बन कर। जहाँ ठहरा था काफिला, ठहर गए थे वे भी।

पहले ढेंग स्टेशन पर खड़ी मालगाड़ी का खाली डिब्बा बना था पनाहगाह पर कितने लोगों का...और कितने दिन? फिर तलाश शुरू हुई थी और कोई जगह...तब जाकर मिला था यह बागमती की पुरानी धार का बाँध। ऊबड़-खाबड़, टूटा-फूटा, घास-फूस के जंगल से ढका हुआ।

एक ओर अछोर दिखती बागमती...दूसरी ओर उजाड़ खेत-पथार...।

बस गया था वहीं लुटे-पिटे लोगों का कारवाँ। डेरा जमाए अस्थायी। अपने गमों को सीने में दबाए। सिसकते-कराहते। भूखे पेट। यह तो बाद में पता चला था कि रामपुर कंठ और आस-पास के कई गाँवों को धो-पोंछकर

साफ कर गई थी बाढ़। सरकारी आँकड़े के हिसाब से एक सौ पैंसठ परिवार आए थे उसकी चपेट में। और गैर-सरकारी आँकड़े के मुताबिक बहुत अधिक लोग तबाही का शिकार हुए थे, जिनके परिवार का कोई बचा ही नहीं था, वह क्या दर्ज करवाता। सुनकर और टूट गए थे लोग। शहर से कभी किसी का रिश्तेदार आता खोजने, पूछने और हौलनाक खबर सुना जाता। ढाढ़स भी बँधाता, सरकार जल्दी ही उजड़े लोगों को बसाएगी दूसरी जगह। खेत-पथार भी देगी। बह गए खेत-पथार का मुआवजा भी देगी। रिलीफ का सामान पहुँच ही रहा होगा...।

जिन्दगी भी कितनी अजीब है। अटक जाती है आस की डोर पर कटी पतंग की तरह पर पेट बड़ा जिद्दी है, नहीं मानता किसी आस, किसी तसल्ली को। धधक उठती है भूख की ज्वाला धू-धू कर उसकी भट्ठी में। ज्वाला तब और भी तेज हो जाती है जब मुट्ठी-भर दाना मिलने की सम्भावना भी न हो। रिलीफ भेजने या पहुँचाने वालों को उन लोगों की यातना का अन्दाजा भी कहाँ होता। सब अपनी गति से चलता...वो कहते हैं न कि जाके पाँव न फटी बिवाई, वो का जाने पीर पराई।

दुखियारों के पेट की ज्वाला को बुझाने का काम भी किया तो उसी बागमती ने और उसी की धारा से पकड़ी गई मछलियों, केकड़े और घोंघों ने। आस-पास के गाँवों के दाता-माता ने अपनी सामर्थ्य के अनुसार चूड़ा, सत्तू, गुड़, नमक, मिर्च आदि देकर उनके प्राणों की रक्षा की थी। शुरू-शुरू में कुछ दिनों खूब हलचल रही बाँध पर। शहर से आने वालों, देखने-सुनने वालों, लिखने-छापने वालों की तथा सरकार तक उनकी त्रासदी और फरियाद पहुँचाने वालों की भी। रोज फ्लैश चमकते, तसवीरें खींची जातीं। तरह-तरह के सवाल पूछे जाते। भीगी आँखें तथा रुँधे गले से अपना-अपना दुखड़ा कहने को उतावले रहते सभी। कहते भी। फिर आस की पालकी पर सवार प्रतीक्षा की राह पर चल पड़ते अच्छे दिन बहुरने के। परन्तु समय के साथ साथ सब कुछ उसी तरह शान्त हो गया था जिस तरह गमी वाले घर में होता है। लोग आते हैं, ढाढ़स-सन्तोष बँधाते हैं। सांत्वना देते हैं..."फिक्र न करो भाई, हम

हैं न तुम्हारे दुख-तकलीफ में बराबर के साझीदार...।" बाद में सभी गायब हो चुके होते हैं नेपथ्य में सामाजिकता की पाखंडी निर्वहन कर। वैसा ही हुआ था, पर्दा गिर चुका था, सभी गायब हो चुके थे नेपथ्य में। बस उजड़े लोग ही रह गए थे बाँध पर अपनी त्रासदी व यातनाओं के साथ। आँखों में अच्छे दिन बहुरने के सपने सँजोये।

बाँध पर आने के कुछ ही माह बीते होंगे। एक रोज पत्नी फुसफुसाते हुए बोली थी..."जाने हो रधिया के बाबू, रामरख की दोनों बेटियाँ रेलगाड़ी से रोज शहर जाइत हए। उहाँ उ सब...अपन देह...ओह भगवान...कइसे कहीं रधिया के बाबू...।" सुनकर सब कुछ समझते देर नहीं लगी थी उन्हें...पर पत्नी को डपट दिया था उन्होंने..."क्या आलतू-फालतू बात बोल रही हो...। सुनी-सुनाई बातों में दम नहीं होता है।"

पत्नी चुप हो गई थी। पर वे जानते थे, यह सच है। देह बेचने के अलावा और है ही क्या विकल्प उन लोगों के पास जिसे बेचकर अपंग पिता और नाबालिग भाई का पेट भरेंगी। माँ को बाढ़ बहा ले गई। बाकी को छोड़ गई दुख भोगने के लिए जिन्दा लाश की मानिन्द। मर्द भाग जाते हैं बाहर कमाने। गृहस्थी और बच्चों का बोझ छोड़ जाते हैं औरतों पर। यहाँ भी जो युवा थे चले गए थे बाहर। रह गए थे बूढ़े, बूढ़ी, औरतें और बच्चे...। बूढ़े जिनकी हड्डियों में थोड़ा भी दम बचा था वे आस-पास के ईंट के भट्ठे में ईंटें थापने, लादने का काम कर लेते जो सीजनल था। कुछ औरतें भी ईंटें थापतीं। कुछ औरतें या लड़कियाँ आस-पास से घास छील लातीं और उनका गट्ठर लेकर लड़कियाँ गाड़ी से शहर चली जातीं और उन्हें बेचकर रात बीते लौटतीं। गाँव की यह संस्कृति होगी...उनकी सोच से परे थी। उनका हृदय असह्य पीड़ा से भर जाता यह देख-सुनकर। गनीमत थी दोनों बेटियों का ब्याह कर चुके थे वे वरना क्या होता आज...? यह सब देखने से पहले कूद न जाते बागमती की धारा में।

पर पेट की आग को समझ रहे थे वे। उसे किसी विधि से भी समझाया नहीं जा सकता। उसे तो बस ईंधन चाहिए जैसे भी हो...जब जवान बेटे की चिता जलाकर आने के बाद भी यह शिद्दत से धधक उठती है तो बैठे-ठाले

लोगों के अन्दर तो और भी बेकाबू हो जाती है। तभी सब कुछ जानते-समझते सभी मौन थे, माल-मवेशी की तरह मुँह पर जाबी लगाए।

वर्षों हो गए थे उस दु:स्वप्न को गुजरे और उन लोगों को उजड़े। अपने छप्पर, घर का सपना बुनते-बुनते अब तो आस के करघे भी टूट चुके थे और आँखों की बिनाई भी मद्धम पड़ने लगी थी। धूप, ताप, सर्दी, गर्मी, बरसात में कीड़े-मकोड़े की तरह जीवन काटने के वैसे ही आदी हो गए थे वे लोग जैसे नाँद पर बँधे मवेशी, जिनकी आँखों से बहते आँसुओं की जुबान कोई नहीं समझता। जिनका कोई सोर्स पैरवी था। जिनका प्रशासन के आगा-पीछा करने वाला कोई था वे लोग पा गए थे कुछ। बाकी बस गए थे बाँध पर ही। पनप गई थी एक नई संस्कृति विस्थापितों की। जिनका जाति धर्म सिर्फ गरीबी थी। साथ-साथ गुजर-बसर करते। इकड़ी की छोटी-छोटी झोंपड़ी डाले। प्लास्टिक के तम्बू या जंग लगे टिन के टुकड़ों पर घास-फूस का छाजन डाले। जो न शीत-ताप रोक पाती थी, न बरसात का पानी। इस यातना का एहसास देखने वालों को कहाँ हो पाता। किनारे पर रहनेवाले को मझधार में डूबने वाले की पीड़ा का एहसास हुआ है कभी?

पिछले साल कोशी के तांडव की कहानी खबरिया रमेसर ने ही सुनाई थी। वह बराबर शहर से अपने बहन-बहनोई से मिलने आता नई खबरों के साथ। सुनकर सन्नाटे में रह गए थे वे। अपना दिन शिद्दत से याद आ गया था उन्हें। पुराने घाव फिर ताजा हो गए थे। रमेसर बोला था..."कोशी के उजड़े लोगों को फिर सरकार बसा रही है...। आप लोगों को भी घर बनवाकर देगी। खेत-पथार भी देगी।" तो जाने कहाँ काफूर हो गया था लोगों का दुख। उल्लास छा गया था सभी के चेहरे पर। आश्चर्यचकित रह गए थे वे यह सब देखकर। क्या ऐसा सम्भव है कि एक जगह बरपा हो कयामत का क्रन्दन, ऐन उसी वक्त कहीं लोगों की मुर्दा आँखों में हिलोरें लेने लगी खुशी...पर ऐसा हो रहा था।

कोसी में आई विनाशकारी बाढ़ ने जहाँ सैकड़ों इनसानों की जान ली थी और हजारों को बेघर किया था। वहीं बागमती के कोप से उजड़े लोगों की आँखों के खोये सपनों को फिर से जगा दिया था। वे देख रहे थे, बाँध पर

तरह-तरह की चर्चाएँ पंख लगाकर उड़ रही थीं इस सिरे से उस सिरे तक। फिर लोगों के अन्दर खुशी की बौराई लहरें उछालें मार रही थीं। फिर लोगों के दुखते टखने और पिराते घुटनों में जान आ गई थी। फिर हर कोई कहने, सुनने और पूछने में व्यस्त था। उम्मीद की जुगनुओं को मुट्ठी में पकड़े लोगों को अच्छा-अच्छा लगने लगा था सभी कुछ...। बस उनसे ही नहीं खाया गया था उस रात।

दिन पर दिन बीतते गए थे। कोई नहीं आया था खोज-खबर लेने वाला। खुशी के लहकते पलों की आँच अब धीमी पड़ने लगी थी। लोगों के दिलों में धुंध फैलनी शुरू हो गई थी। नाउम्मीदी की गहरी धुंध...और फिर आ गई थी बरसात। इतने अरसे में बच्चे जवान, अधेड़ बूढ़े...और कितने बूढ़े स्वर्ग सिधार गए थे। वक्त के साथ कितना कुछ बदल गया था पर नहीं बदली थी तो उन लोगों की किस्मत और पानी और बालू का वह विस्तृत रेगिस्तान... जिसके नीचे दफन हो गए थे उनके सपने तथा अपने।

ब्लॉक ऑफिस से लौटे तो देखा, पत्नी लगन से ओसारा लीप रही थी पीली मिट्टी और गोबर से। बहुत दिनों बाद उसी तन्मयता से जुटी थी काम में जितना दस वर्षों पहले जुटी रहती थी घर के कामों में घुन की तरह। तब कभी-कभी वे उलाहना भी देते, "मेरे पास बैठने तक की तुम्हें फुर्सत नहीं होती रधिया की माँ!" उनके उलाहना पर वह नजरें उठाकर देखती उनकी ओर और हौले से मुस्कुरा देती...। निहाल हो उठते वे। पत्नी की वह हल्की-सी मुस्कान जाने कितनी ऊर्जा भर देती थी उनमें कि दिन-भर खेतों में खटते हुए भी उन्हें जरा भी थकान का अनुभव नहीं होता था। पर विगत दस वर्षों से तरस गए थे वे पत्नी के होंठों पर वह मुस्कान देखने को। उनके होंठों पर भी कहाँ आ पाए थे शिकायत के शब्द, जिससे उभरती थी पत्नी के होंठों पर तिरछी मुस्कान। सोचकर ताज्जुब हुआ उन्हें। किस तरह बिना हँसे-मुस्कुराए, बिना शिकवे-गिले के कट रहे थे दिन। ऐसा स्पन्दनहीन भी होता है कहीं जीवन, जिसमें कोई हलचल न हो और न होने की उम्मीद ही। इन बीते वर्षों में पत्नी के होंठों पर मुस्कान तो नहीं...आँसू अवश्य देखा था उन्होंने। ईंटें थापते, ईख का पगार

छीलते बार-बार भर आतीं उसकी आँखें। उनसे मुँह फेरकर झट पोंछ डालती थी अपने आँचल से वह। देखकर भी अनजान बन जाते वे। जानते थे सांत्वना के शब्द उसके सूखे घावों को और कुरेद देंगे। साल भर का अनाज सँभालकर रखने वाली गृहस्थन मजदूरी कर रही है। जिसने कभी नया अन्न तक नहीं खाया या परिवार को खिलाया। उसे अब जो भी मिल रहा गुजर करनी पड़ रही थी। उन्हें लगता है कि दुख तब अधिक नहीं होता जब सुख की अनुभूति से इनसान अछूता होता है। जिसने सुख का स्वाद चख लिया हो वह दुख के हल्के से थपेड़े से भी टूट जाता है।

बेटियाँ आना चाहतीं बाँध पर उनसे मिलने। उनके घर वाले नहीं आने देना चाहते। जिद करके कभी आ भी जातीं तो ज्यादा देर तक नहीं ठहरती थीं। आतीं तो कभी थोड़ा चावल, दाल, आटा और माँ के लिए एक-दो नई-पुरानी साड़ी दे जातीं। जोर देतीं अपने घर ले जाने के लिए। पत्नी सख्ती से मना कर देती..."बेटी के दुआर पर माँ-बाप रहे, लोग का कहतइ...अब जे उपरवाला के मरजी होयत उहे होई। बेटी के इहाँ परान निकले अइसा ना करना हे ईश्वर...।" वह दोनों हाथ ऊपर उठाकर उस अदृश्य से प्रार्थना करती। उसका कातर स्वर बर्छी की तरह उन्हें छील जाते अन्दर तक। उसकी दुर्दशा और अपनी बेबसी वे लाचार-सा देखने पर मजबूर थे।

"का बात हए रधिया के माँ, ओसारा लीप रही हो...कोई कथा-पूजा करवाना है का?" गेहूँ का बोरा सिर से उतारकर खम्भे के सहारे टिकाते हुए उन्होंने पूछा। पत्नी ने पलटकर उनकी ओर देखा फिर हौले से मुस्कुरा पड़ी...। उसका झुर्रीदार चेहरा विहँस उठा जैसे दस वर्षों पहले उनके कथन पर विहँस उठता था। चिकना-सलोना चेहरा...। घोर आश्चर्य से भर उठे वे। सुबह और दोपहर के बीच ऐसा कौन सा चमत्कार हो गया जिसने पत्नी के अन्दर खुशी का बिरवा पनपा दिया। बगैर अन्दर में उल्लास जन्मे होंठों पर मुस्कान आ ही नहीं सकती। उम्र के इस मुकाम तक आते-आते इसका गहन अनुभव हो चुका था उन्हें।

"अरे ना रधिया के बाबू, कौनो कथा-पूजा न हए। कथा-पूजा भी करवायब

बहुत जल्दीए। बात ई हए कि रमेसर आयल रहे दू-तीन लोगन के साथ। कहइत रहे सरकार हमरा सबके जल्दीए बसायत। अपन घर-दुआर दे के। कोसी के लोगन के बसा रहल हए वइसे ही।"

"सच में?" आश्चर्य से उन्होंने पूछा।

"हाँ रधिया के बाबू, बिसवास नहय त बाँध पर जाके देख आओ।"

फौरन वे निकल पड़े झोंपड़ी से। पता था रमेसर कहाँ होगा। उत्साह में मिट्टी सने हाथ लिये पत्नी भी पीछे-पीछे चल पड़ी। बाँध पर हर ओर कनबतियों की भनभनाहट मधुमक्खी की तरह भिनभिना रही थी। तरह-तरह की चर्चाएँ पंख लगाकर उड़ रही थीं इस छोर से उस छोर तक। चकित हो उन्होंने देखा...फिर लोगों के उदास दिलों में खुशियाँ अँगड़ाई लेकर जाग उठी थीं और पथराई आँखों में उम्मीदें बागमती की लहरों की तरह उछालें मार रही थीं। रमेसर के साथ आए लोगों को चारों ओर से घेरे भीड़ खड़ी थी। वह सपने बाँट रहा था सभी की बुझती आँखों में। पत्नी आगे बढ़ गई।

"बेटा, हमरो सभन के बसाएगी न सरकार?" उसने रमेसर से पूछा।

"हाँ काकी।" रमेसर बोला तो पलटकर उसने उनकी ओर देखा...

"हम न कहइत रही रधिया के बाबू केतना दिन ई दुरभाग रही हमर सब सिर पर। हम सभन के दिन भी बहुरी एक दिन।" उल्लास के आवेग से पत्नी का स्वर भर्रा उठा था।

"का सचमुच बेटा, हमरा सब के भी अपन जमीन आउर घर बनाने का रुपया देगी सरकार?" बुझावन ने अपनी मिचमिची आँखों को जबरन खोलते हुए पूछा।

"काहे ना देगी बाबा, जब कोसी क्षेत्र के उजड़ों को सब कुछ मिल रहा त बागमती के उजड़ों को भी मुआवजा मिलेगा ही।" शम्भू बोला। उसका भी स्वर उत्साह से भरा था।

"अइसन हो जाए त बचवा भाग खुल जायत हमरा सबके। किसान से मजदूरो ना भिखमंगा हो गेल हथी हम सब। दस-ग्यारह बरस कम न होयत हए सजा के खातिर...सजा भी वो पाप आ अपराध के जे कयलो ना हथी हम

सब। अब त ई दुख से मुक्ति मिले के चाही बचवा...।" फटे गमछे से आँसू पोंछता बुझावन बोला। उसकी कंजी आँखों में पानी भर आया था...जाने खुशी या बीते गम की याद से।

रमेसर कुछ कहता कि उसके पहले उसके साथ आए लोगों में से एक बोला—

"हम लोग कोई सरकारी आदमी नहीं हैं। रीगा चीनी मिल के इम्पलाई हैं। एक रिश्तेदार से मिलने आए हैं इधर। बहुत देर से मैं आप लोगों की बातें सुन रहा हूँ। रमेसर को कुछ पता नहीं है। जब बागमती में बाढ़ आई थी, तब दूसरी सरकार थी। अब दूसरी सरकार है। इस सरकार को क्या गरज पड़ी है आप लोगों को बसाने की। इसकी बातों में मत आइए आप लोग। यह सरकार कोई ध्यान नहीं देगी आप लोगों की ओर।"

"त कवन सरकार ध्यान देतई बेटा?" हताशा से पत्नी ने पूछा। उसका स्वर डूबता-सा लगा, जैसे सैकड़ों फिट गहरे कुएँ से आ रही हो।

भिनभिनाहट अचानक थम गई थी और फिर धुंध फैलने लगी थी चारों ओर...। नाउम्मीदी की गहरी धुंध में घुलने लगा था टूटे बाँध पर किस्मत के मारे लोगों का लावारिश हुजूम...।

वह आवाज

बिजली की चमक और बादलों की गर्जना से नींद उचट गई। । सायँ...सायँ करती वेग से बहती हवा खिड़की पर थापें देने लगी...और जोरों की बारिश शुरू हो गई थी। आँखें मीचते हुए मैंने दीवार-घड़ी में समय देखा...सुबह के साढ़े चार बज रहे थे। अब क्या खाक नींद आएगी।

भुनभुनाती हुई मैं बिस्तर से उतरी। कमरे से बाहर आई...शायद प्रताप भी जग गया हो तो साथ चाय पीएँगे। सोचा और उसके कमरे की ओर बढ़ गई...।

उसके कमरे के पास पहुँची ही थी कि अन्दर से आती गों...गों...की आवाज ने भय से मुझे जड़-सा कर दिया। लगा जैसे कोई उसका गला दबा रहा हो। झट दरवाजा खोलकर मैं अन्दर घुसी...। सिवा प्रताप के वहाँ और कोई नहीं था। गों...गों...की आवाज निकालता वह बिस्तर पर हाथ-पाँव छटपटा रहा था। दौड़कर मैंने उसके दोनों हाथों को मजबूती से पकड़ा और आवाज देने लगी—"प्रताप...प्रताप...उठो। होश में आओ बेटे...!"

थोड़ी देर कुनमुनाकर उसने आँखें खोलीं और इधर-उधर देखने लगा। उसकी आँखों में भय का हल्का साया नजर आया।

"मम्मा, मैं अपने कमरे में ही हूँ न?"

"हाँ बेटे, परन्तु ऐसा क्यों पूछ रहा है तू...?"

"कुछ नहीं मम्मा...बस ऐसे ही।" कहकर उसने फिर आँखें बन्द कर लीं। वह सहज नहीं लगा...मैं घबड़ा उठी।

"प्रताप...उठो बेटे सुबह हो गई है। मौसम भी बहुत सुहावना है। फ्रेस हो लो, चाय पीते हैं।"

"सुबह हो गई?" उसने ऐसे पूछा जैसे सुबह का इन्तजार उसे शिद्दत से हो।

"हाँ...परन्तु तुम डर क्यों रहे थे बेटे...?"

उसने आँखें खोलकर भरपूर नजरों से कमरे को देखा...पर चुप रहा।

"तुम घिघिया क्यों रहे थे। कोई बुरा स्वप्न देखा था क्या?"

वह फिर चुप रहा...

"प्रताप...क्या बात है बेटे, बताते क्यों नहीं। वह स्वप्न ही था न?" उसकी लम्बी चुप्पी ने अनजाने भय से अन्दर तक कँपा दिया मुझे।

"क्या जाने वह क्या था...।" वह आहिस्ता से बोला। उसकी आवाज जैसे दूर से आती लगी। मेरा भय और बढ़ गया...अनाम-सा भय...। घर में दो ही लोग थे प्रताप और मैं...ऐसे में...ओह...नहीं...।

"प्रताप उठो, बरामदे में चलते हैं।"

वह चुपचाप उठा और मेरे साथ बरामदे में आ गया। हम कुर्सियों पर बैठ गए। बारिश और तेज हो गई थी। टैरेस के करकट पर पड़ती बूँदें ज्यादा शोर कर रही थीं। लॉन में लगे फूलों के पौधे हवा और वर्षा की बौछार पर झूम रहे थे। पास ही कहीं कुत्ता कूँ...कूँ... कर रो रहा था शायद भीगने की वजह से।

"बेटे, तुम परेशान तो नहीं हो न?"

वह चुप रहा...।

"कुछ छुपा तो नहीं रहे हो मुझसे?" लगा वह बेचैन है...। पर क्यों...? उसी के लिए तो कुरेदना जरूरी था उसे।

"मम्मा, क्या आप गैबी शक्तियों पर यकीन करती हो?" वह ठहर-ठहर कर बोला—

गैबी शक्तियाँ...? विदेश से लौटे अपने इंजीनियर बेटे के इस प्रश्न ने मुझे चौंकाया ही नहीं वरन् असमंजस में भी डाल दिया। हाजिर जवाब में माहिर मैं फौरन उसे न हाँ कह सकी, न ना और यह प्रश्न फौरन जवाब देने लायक

भी कहाँ था बल्कि चेतना में डूबकर खँगालने का मुतलाशी था। कोई ऐसा नुक्ता, कोई भूला-भटका पल...।

कुछ क्षण मैं चुप रही...वह उद्विग्न हो उठा...

"आप चुप क्यों हो गईं मम्मा...?"

"पर यह सब तुम क्यों पूछ रहे हो? इस घर में भूले से भी न तो मैंने कभी किसी ऐसी शक्ति की चर्चा की है और न ऐसा कोई किस्सा या कहानी ही सुनाई है जो बच्चों के अन्दर भय उत्पन्न करे। क्या विदेश में भी ऐसी बातें होती हैं या वहाँ कुछ ऐसा अनुभव हुआ है तुम्हें जो अलौकिक लगा हो?" मैंने प्रतिप्रश्न किया उससे।

"नहीं मम्मा, विदेश में न ऐसी कोई घटना पेश आई मेरे समक्ष, न ऐसा किसी दृश्य या वस्तु से साक्षाकार ही हुआ, पर...।"

"पर क्या प्रताप, अचानक ये बातें तुम्हारे क्या किसी के भी दिमाग में आ ही नहीं सकतीं क्योंकि बचपन में लाख शरारतों के बावजूद तुम लोगों को डराने के खयाल से भी मैंने किसी ऐसी वस्तु का नाम नहीं लिया जो तुम्हारे अवचेतन को भयग्रस्त करे, अवश्य कोई बात है?"

"परसों रात पटना में सुशान्त भैया के डेरा पर जो मैंने देखा...वह बहुत भयानक था। आप नहीं समझोगी मम्मा, उस दृश्य की याद आते ही डर के मारे मेरे रोंगटे खड़े हो जाते हैं। दिल की धड़कन बढ़ जाती है। सारी रात मैं सो नहीं पाता...। सोता भी हूँ तो शायद अर्धनिद्रा में...तभी तो वह दृश्य नहीं भूलता। ओह मम्मा मैं क्या करूँ?" उसने अटकते हुए कहा...।

सच में उसकी बाँहों के रोयें खड़े नजर आए। साइंस का विद्यार्थी रहा अट्ठाईस साल का नौकरी-पेशा, घर से दूर विदेश में अकेले रहने वाला परिपक्व नौजवान प्रताप...और इस कदर भयभीत...। जरूर कोई गम्भीर बात है। मैं इसे हल्के में नहीं ले सकी। और समय होता तो शायद मैं इसे हँसी में उड़ा देती।

"यह सुशान्त कौन है और उसके डेरा पर तुम कैसे गए?"

"मेरे दोस्त प्रियम का बड़ा भाई है। आपको तो पता ही है प्रियम मेरे साथ आस्ट्रेलिया में है। उसने कुछ सामान भिजवाया था अपने घर के लिए।

पटना गया तो सोचा उन्हें देता आऊँ। उसे ही देने गया था उनके डेरे पर। रात अधिक हो गई तो उन्होंने रोक लिया। बोले, आज रात यहीं रुक जाओ। अभी उधर का रास्ता बहुत डेंजरस है।"

"ओह! तो तुम वहाँ रुके थे, तुमने फोन किया कि पटना में रुक रहा हूँ तो मुझे लगा रेवती मौसी के यहाँ रुके होगे। सुशान्त का डेरा कहाँ है और वहाँ ऐसा क्या आभास हुआ जिसने इतना डरा दिया तुम्हें?"

"सुशान्त भैया का डेरा बिस्कोमान के जस्ट पीछे है। वहाँ उन्होंने दूसरी मंजिल पर चार कमरे का बड़ा-सा मकान ले रखा है जिसमें दो कमरों में दवा का गोदाम है। एक में उनका ऑफिस और एक बेडरूम है। बेडरूम और ऑफिस के बीच लम्बी-सी गैलरी है। उनके वाला हिस्सा रोड के पीछे की ओर पड़ता है। रात में खाना खाकर उन्होंने मेरे लिए ऑफिस में बेड लगा दिया और स्वयं अपने कमरे में सोने चले गए थे। मैंने भी दरवाजा भिड़काया और बिस्तर पर आ गया। दिनभर की थकावट से कब नींद आ गई पता नहीं चला!" कहकर वह चुप हो गया...लगा या तो वह उस दृश्य को याद कर रहा है या उसके प्रभाव में आ गया है।

"चुप क्यों हो गए प्रताप?"

"रात कितनी बीती थी मुझे पता नहीं...अचानक किसी आहट से मेरी नींद उचट गई। आभास हुआ गैलरी में कोई चल रहा है...उसकी पदचाप मेरे कमरे के दरवाजे तक आकर फिर मुड़ जा रही है सुशान्त भैया के कमरे के दरवाजे तक...। लगा सुशान्त भैया होंगे, किसी कार्यवश उठे होंगे तो इधर भी चले आए होंगे। मैंने पुनः सोने का प्रयास किया पर फिर वही यहाँ से वहाँ तक आती-जाती स्पष्ट उभरती पदचाप...।

"इस बार वह पदचाप मेरे दरवाजे पर आकर रुक गई, फिर हौले से दरवाजा खुला और एक चेहरे ने अन्दर झाँका...और मुड़ गया। कमरे में अँधेरा होने की वजह से उसका चेहरा तो दिखाई नहीं दिया पर गैलरी में जलती मद्धिम रोशनी में किसी के झाँकने का स्पष्ट आभास हुआ था। सुशान्त भैया होंगे कहकर इस बार मैं टाल नहीं सका। झट बिस्तर से उतरा और हल्के खुले दरवाजे को

पूरा खोलकर देखा...गैलरी बिलकुल खाली थी। फिर सुशान्त भैया के दरवाजे की ओर देखा...वह भी बन्द था। एकबारगी भय की ठंडी लहर-सी दौड़ गई मेरे सारे शरीर में। लगा जैसे हाथ-पाँव सुन्न हो गए...। झट से मैंने दरवाजा बन्द किया, सिटकिनी लगाई और बिस्तर पर उकड़ूँ बैठ गया। उसके बाद क्या नींद आ सकती थी? रह-रह कर नजरें दरवाजे पर ही चली जातीं...मानो कोई उस पर दस्तक दे रहा हो...अभी उसे खोलकर झाँक पड़ेगा...ओह... मम्मा, बयान नहीं कर सकता उस स्थिति का। बैठकर ही सारी रात बिताई...। जब पीछे वाली गली में हल्की चहल-पहल शुरू हुई तब जाकर मेरी जान में जान आई। फौरन मैं कमरे से निकलकर छत पर भागा और सुशान्त भैया के उठने तक ऊपर ही रहा...। सच मानो मम्मा...ऐसी स्थिति से कभी साबका नहीं पड़ा था...वह झाँकता चेहरा और पदचाप मेरा पीछा नहीं छोड़ रही...।" कहते हुए उसकी आवाज काँप गई।

कुछ पल हमारे बीच खामोशी रही...

"मम्मा, क्या ऐसी स्थिति से आपका सामना हुआ है कभी?"

प्रताप ने बेताबी से पूछा। उसके पूछने के लहजे से लगा वह मेरी ऐसी किसी स्थिति से या तो मुतमईन होना चाहता है कि ऐसी कोई शक्ति नहीं होती या होती है तो वह गलत नहीं है।

कुछ क्षण लगा मुझे उसके भय तक पहुँचने में और अतीत की स्मृति सजीव हो उठी नजरों के सामने...। क्या ऐसे ही भय को नहीं जीया था मैंने भी बरसों-बरस?

"वह आवाज जो वर्षों-वर्ष मेरा पीछा करती रही थी...। वह विचित्र आवाज जो सोते-जागते मुझे भय से सिहराती रही थी...तथा जिसने मेरे बालमन को भयातुर ही नहीं बल्कि पराकाष्ठा तक उद्वेलित भी किया था। वह अलौकिक आवाज जिसकी लौकिकता ढूँढ़ने में बारहा परेशान रही मैं और जिसका स्मरण सदा तन्हाई में उसके होने का एहसास कराकर कँपाती रही थी...। ओह... आज भी उसे याद करके रोंगटे खड़े हो गए...।

जब उस आवाज से वास्ता पड़ा था उस समय मेरी उम्र लगभग ग्यारह वर्ष

थी। ग्यारहवाँ वर्ष...यानी पीछे छूटता बचपन...अभी थोड़ी दूर खड़ी तरुणाई... जिज्ञासा से भरा हुआ मस्तिष्क। सब कुछ जान लेने और उसकी गहराई तक पैठने का उत्साह...।

बहुत सुन्दर, समृद्ध छोटे से कस्बे का आभास कराता मौसी का गाँव। उस गाँव में करीने से बने दो मंजिला...तीन मंजिला पक्के मकान...। पक्का मुख्य पथ तथा गलियाँ-कूचे भी ईंट के खड़ंजा वाले साफ-सुथरे। गाँव के अधिकतर लोग शिक्षित और नौकरी-पेशा थे। खुद मौसा जी बोकारो स्टील प्लांट में इंजीनियर थे। कई एकड़ खेतीबारी तथा चार बीघा में आम का बगीचा था उनका जिसमें अनगिनत किस्मों के आम के पेड़ थे जिनमें कुछ के नाम थे... जर्दा, सबूजा, मालदह, सेनुरिया, कस्तूरी, चीनिया, चउरिया, केरवा, सुकुल, सीपी...आदि। गर्मी की छुट्टियों में इन आमों का रसीला स्वाद बराबर यहाँ खींच लाता और तरह-तरह के अनूठे खेल भी जो शहर के बच्चों के लिए नितान्त अनजान थे।

आमों के मौसम में बगीचा में इकड़ी की टट्टी की एक झोंपड़ी बनाई जाती। उसमें एक काष्ठ की चौकी होती जिस पर रात में रखवार सोता और दिन में उस पर हमारा कब्जा होता। हमारा...यानी तीनों मौसेरी भाई-बहन—जूही, जिवा तथा मयंक। मौसी की देवरानी के दो बच्चे रानू और रीतिक तथा मेरा छोटा भाई वसु और मैं, जो गर्मी की छुट्टियाँ शुरू होते ही गाँव पहुँच जाया करते। तपते जेठ के लू भरी दोपहर में भी हम बगीचा में ही समय बिताते। कई तरह के खेल खेलते हुए...जिनमें दोल्हा-पाती...चीका, बकढीलो, डगरे-डगरे, और कबड्डी...मुख्य थे।

पर उस साल संयोग से आसीन के अन्तिम हफ्ते में गाँव आने का मौका मिल गया। मौसी की जेठानी को पोता हुआ था। पहलौठा पोता...। माँ, पापा से मौसी का खास आग्रह था कि जरूर आना है आयोजन में। माँ, पापा के साथ मैं और मेरा छोटा भाई वसु गाँव आए थे गर्मी के बजाय बीतते आसीन के नर्म समय में।

ऐन शरद पूर्णिमा के दिन ही बच्चे के छठीहार का आयोजन हुआ और

कल होकर कार्तिक माह का आरम्भ हो गया था। शहर में कार्तिक माह का मतलब दीपावली के लिए साफ-सफाई से होता था लेकिन यहाँ गाँव में वह सावन की तरह नहीं बल्कि उससे भी बढ़कर पवित्र महीना था। छठ पर्व करने वाली लगभग सभी स्त्रियाँ और इच्छा से जो चाहे वह भी कार्तिक स्नान करतीं और परहेज वाला भोजन करतीं। अलस्सुबह उठना...कौआ के बोलने से पहले नदी में स्नान करना। परहेज वाला भोजन यानी, अरवा चावल का भात, अरहर की दाल, घी में बनी सब्जी। बैगन जैसी कुछ और सब्जियों से परहेज। जो स्त्रियाँ किसी कारणवश नदी नहीं जा पातीं वे अलस्सुबह छान- छप्पर से बाहर बैठकर स्नान कर लेतीं। कार्तिक स्नान के नियमों में बन्धन के अन्दर स्नान करना वर्जित था।

मौसी की सास ने जब से छठ पर्व करना आरम्भ किया था बिना नागा कार्तिक स्नान का यह नियम भी निभाती आ रही थीं। कार्तिक का पहला दिन बल्कि वे शरद पूर्णिमा से ही नदी जाने लगीं। शरद पूर्णिमा से आरम्भ यह अनुष्ठान तीन दिन अगहन चढ़े तक जारी रहना था। अगहन के तीन दिनों का स्नान व पूजा त्रिजटा को समर्पित होता है...ऐसा दादी का कहना था।

"त्रिजटा को क्यों दादी माँ? वो तो अपने देवताओं में नहीं आती।" मैंने जिज्ञासा वश पूछा उनसे।

"त्रिजटा ने एक राक्षसी होकर भी हमारी सीता की मातृवत मदद की थी लंका में इसलिए बेटी।"

छठी के दूसरे रोज पापा-माँ और वसु के साथ शहर चले गए। उन्हें अपने कारोबार की चिन्ता थी पर जूही और रानू के साथ कुछ दिनों और रहने के लोभ से मैंने मौसी से आग्रह किया था वे किसी तरह पापा को मनाकर मुझे रोक लें और ऐसा ही हुआ।

दूसरे दिन जूही, रानू और मैंने दादी माँ को मना लिया कि अपने साथ वे हमें भी नदी ले चलेंगी कार्तिक स्नान के लिए। जूही, रानू को इसका अनुभव था या नहीं पर मुझे बहुत रोमांचकारी लगा सुबह-सुबह नदी में स्नान करने जाना...। कार्तिक का पहला पक्ष सर्दी कम पड़ने के कारण स्नान के लिए

अनुकूल था। कृष्ण पक्ष में आरम्भ में अँधेरा रहता है और कुछ घड़ी बीत जाने पर जब चाँद निकलता है तो स्वच्छ आकाश में चारों ओर धवल चाँदनी खिलखिला उठती है। जिससे लाइटविहीन गाँव रोशनी से नहा उठता है। यह अनुभव भी पहली बार ही हो रहा था गाँव में।

दादी माँ अलस्सुबह हमें जगा देतीं। रात में ही स्नान के लिए सँभालकर रखे गए कपड़ें लेकर हम निकल पड़ते नदी की ओर जो गाँव के बाहर थोड़ी दूरी पर थी और उसी के किनारे शिव व अन्य देवताओं का सुन्दर व भव्य मन्दिर था। पूजा के फूल के लिए हम लोग रास्ते के बीच पड़ने वाले मध्य विद्यालय में जातीं जहाँ क्यारियों में तरह-तरह के फूल लगे हुए थे पर अक्सर निराशा ही हाथ लगती क्योंकि हमसे आगे जाने वाली औरतें पहले ही उन्हें तोड़ चुकी होतीं और बिना फूल के पूजा हमें करना अच्छा नहीं लगता था।

एक दिन जूही ने एक सुझाव रखा—क्यों न हम लोग थोड़ा और सबेरे निकलें ताकि फूल मिल जाएँ। हम लोगों से पहले आकर औरतें सारे फूल तोड़ लेती हैं। हम लेट हो जाती हैं।

जूही का प्रस्ताव रानू को भी अच्छा लगा। हम लोगों ने दादी माँ के सामने अपनी बात रखी। वे भी मान गईं। बिना फूल के पूजा करना उन्हें भी नहीं सुहा रहा था।

और अलस्सुबह दादी के आवाज देने पर हम तीनों आँखें मलते हुए उठीं, कपड़े उठाए और उनके साथ निकल पड़ीं नदी की ओर। नौमी या दशमी तिथि की शीतल दूधिया चाँदनी हर ओर बिखरी हुई थी जिसकी रोशनी दिन का एहसास करा रही थी। हम तेज-तेज कदम बढ़ाते हुए बढ़ रहे थे ताकि बाकी औरतों के आने से पहले स्कूल में पहुँच जाएँ।

हम गाँव से बाहर निकल आए...पर अभी तक किसी औरत से सामना नहीं हुआ था। हम मन ही मन खुश हो रहे थे कि सारे फूल बचे हुए होंगे कि तभी पीछे से बैंड बाजा बजने की तेज आवाज आने लगी।

"इस समय यह बैंड बाजा की आवाज...? गाँव में बारात आने का प्रश्न ही नहीं है। अभी तो कोई लगन भी नहीं चल रहा है और ना ही कहीं जग-जूप

ही हो रहा...। हे ईश्वर...यह तो ब्याह-शादी का अंग्रेजी बाजा लग रहा...। लड़कियो, तुम लोग मन्दिर की ओर तेज-तेज भागो...यह आवाज शुभ नहीं लग रही...। दादी माँ के स्वर में छिपे भय ने हमें जैसे अधमरा कर दिया। हमने जी-जान लगाकर झटकना शुरू किया...दादी माँ पीछे-पीछे...और उनके पीछे और तेज, और तेज होता जा रहा बाजे का स्वर...। डर के मारे ठंडे पड़ते जा रहे हमारे कस-बल...। रास्ते में रोज का देखा हुआ पेड़ भी भय का अनुभव करा रहा था और हमारे रोंगटे खड़े हुए जा रहे थे। दादी माँ हनुमान चालीसा पढ़ रही थीं और डर के मारे हमारी घिग्घी बँधी हुई थी। उस पर कमाल, पूरे रास्ते एक भी कार्तिक नहाने वाली औरत नहीं मिली जिसका सहारा होता...।

किसी तरह हम लोग मन्दिर तक पहुँचीं। जल्दी-जल्दी सीढ़ियाँ चढ़कर मन्दिर के आग्नेय कोण में स्थित माता पार्वती के मन्दिर के समीप बैठ गईं तो लगा जैसे जान में जान आई पर उस बाजे की आवाज की तेजी में कोई कमी नहीं आई थी। मन्दिर का कोना-कोना अन्धकार में डूबा हुआ था और वह बाजा उसी तीव्र आवाज में बजता हुआ निरन्तर करीब आता हुआ जान पड़ रहा था। सहमकर हम दादी माँ के और करीब खिसक आए। फिर भी पीठ के पीछे से भय का साया मानो चिपका चला आ रहा था। पीठ दादी माँ की ओर करते तो मुँह उधर हो जाता...जिसके लिए हमारे अन्दर हिम्मत नहीं थी। पूरे रास्ते हम झटकते हुए बल्कि भागते हुए आए थे यहाँ तक और अभी कलेजा धौंकनी की भाँति जोर-जोर से धड़क रहा था और साँसें फूल रही थीं। दादी माँ ने अपने आँचल में हमें छिपा लिया और जोर-जोर से भगवान शिव को गोहराने लगीं...। उनकी आवाज भी रुआँसू हो चली थी...। धीमी आवाज में जूही भी मन्नत माँग रही थी कि—

"इस बार उबार लो माता पार्वती, प्रसाद चढ़ाऊँगी।"

तभी एक आवाज करीब ही उभरी—

"अरे मइया आप, इतनी रात में?" और लालटेन लिये पुजारी बाबा सम्मुख आ खड़े हुए। उनकी आश्चर्यचकित आवाज ने हमें और भयातुर कर दिया। मैं तो थर-थर काँपने लगी।

लालटेन की सीमित रोशनी और बाबा की उपस्थिति से हमें कुछ बल मिला। बाहर चाँद की चाँदनी बिखरी थी पर वह भय को कम करने के बजाय और बढ़ा रही थी।

"बाबा, अभी भोर नहीं हुई है?" दादी माँ ने पुजारी बाबा से पूछा।

बाबा ने लालटेन ऊपर उठाकर दीवार घड़ी की ओर देखा और बोले—

"ना मइया...अभी तो एक ही बज रहा है।" कहकर बाबा कुछ क्षण मौन हो गए और घनघोर आती उस आवाज की दिशा में अकानने लगे। जिससे भागकर यहाँ तक आने के बाद भी पीछा नहीं छूटा था हमारा और जो और करीब आती जान पड़ रही थी।

अभी एक ही बजा है...? सुनकर मेरा अंग-अंग सिहर उठा...जूही और रानू के करीब खिसकने और मेरी हथेलियों पर बढ़ते उनकी हथेलियों के दबाव से उनके भय का भी अनुमान हुआ...।

"मइया, इतनी रात में नहीं आना चाहिए था आपको इन बच्चियों के साथ...।"

"मुझे समय का भान ही नहीं हुआ बाबा...इस टहटह अँजोरिया में लगा सबेरा हो गया है।"

दादी माँ के स्वर में थरथराहट भाँपकर भय से कलेजा मुँह को आ गया। पीछे से आती निरन्तर वह विचित्र आवाज...जो समय के साथ तीव्र से तीव्रतर होती जा रही थी और हम स्वयं में ही सिमटते जा रहे थे।

फूल के लोभ में खूब सबेरे आने का हम लोगों का हठ बहुत भारी लग रहा था। बूढ़ी दादी माँ को इस चाँदनी रात में समय का ज्ञान नहीं हुआ था। हम लोगों ने भी घड़ी कहाँ देखी थी। चाँदनी रात ने भोर होने का भ्रम करा दिया था।

"बाबा, यह आवाज...क्या आप भी सुन रहे हैं इसे?" दादी माँ ने मद्धिम स्वर में पूछा।

"हाँ मइया...यह आवाज प्रायः आधी रात से लेकर लगभग दो बजे तक स्पष्ट सुनाई देती है।"

"ओह...बहुत लोगों से इसके सम्बन्ध में चर्चा सुनी थी पर ध्यान नहीं

दिया था कभी इस ओर। लगा लोगों को वहम हुआ होगा। इसकी सच्चाई क्या है बाबा?" दादी माँ ने सहमते हुए पूछा।

पुजारी बाबा कुशा की चटाई ले आए और उसे बिछाकर बैठ गए।

"मैंने कभी कुछ देखा तो नहीं है, सुना ही है मइया कि बहुत समय पहले किसी गाँव से एक लौटती बारात जब इस नदी में दखिन की तरफ जो बहुत गहरा डोभ है वहाँ पहुँची तो दोपहर हो गई थी। वैशाख मास की सन्नाटा भरी दोपहरी। वहाँ नदी के दोनों तरफ का किनारा भी ऊँचा था। किनारे पर एक आदमी बैठा था। उससे बारातियों ने नदी पार उतरने की राह पूछी। कि 'कहाँ हेलाव है भइया...हमें उस पार जाना है।'

"उसने मुस्कुराते हुए कहा...'बस सामने से चले जाइए...पानी बहुत कम है।'"

"ऊँची किनारी से बाराती नदी में उतरने लगे...उतरने लगे...और जब दुलहन की डोली लेकर कहार वहाँ पहुँचे तो उन्हें कुछ शक हुआ...उचककर उन्होंने उस किनारे की ओर देखा...। उस पार उन्हें एक भी आदमी नजर नहीं आया तो सारा माजरा उनकी समझ में आते ही भय के मारे उनकी घिग्घी बँध गई और डोली लेकर वे पीछे मुड़े और भाग खड़े हुए...। यह सारा माजरा उन्हीं लोगों ने बताया था गाँव में जाकर। तब से यह आवाज प्रायः सुनाई देती है।"

कैसे-कैसे करके सबेरा हुआ। स्नान करने वाली औरतें भी आने लगीं। किसी तरह स्नान कर हम लोग घर लौटे। रास्ते में दादी माँ की सख्त हिदायत थी कि यह बात किसी को नहीं बताना है घर पर। उनका नदी जाना छुड़वा दिया जाएगा। और हमारे अधर खामोश हो गए थे पर घटना से वर्षों-वर्ष न तो मेरे अन्दर भय खत्म हुआ था और न जिज्ञासा ही।"

वर्षों बाद। बड़ी होने पर एक शादी में मौसी के गाँव पुनः जाना हुआ था। रानू और जूही भी आई हुई थी। एक दोपहर हम तीनों चुपके से उस डोभ की ओर निकल गईं। उसे देखने की जिज्ञासा हम तीनों के मन में समान रूप से हलचल मचाए हुए थी। मनोविज्ञान कहता है कि जिस वस्तु से भय उत्पन्न हो उसके नजदीक जाकर, उसे छूकर देखो...भय स्वतः समाप्त हो जाएगा और

वही हुआ भी था...वह गहरे पानी से लबालब भरी नदी अब बिलकुल अपने पेट में सिकुड़ गई थी। वहाँ बालू उभर आई थी चारों ओर...। न वहाँ कोई डोभ था न बाराती का ही कोई अवशेष। बकौल जूही नदी किनारे के वे सघन पेड़ भी कट चुके थे जिनका साया कभी भय का साथ देते थे। और भय को हम वहीं दफन कर सहज हो गए थे।

"मम्मा...कहाँ गुम हो गईं आप...?" प्रताप की व्याकुल आवाज ने मुझे सचेत किया...

"आँ...कहीं भी नहीं।"

"मेरे प्रश्न का जवाब आपने नहीं दिया...।"

"बेटे मैं क्या कहूँ...मुझे लगता है इस सृष्टि का सच उतना ही नहीं है जितना हम देखते, पढ़ते या सुनते हैं। हमारी दृष्टि से परे भी सृष्टि का विस्तार है जो हमारी आँखों से ओझल है।"

मैं कहती हूँ...

भय

आज फिर हर्ष दो निवाला मुँह में रख शीघ्रता से निकल गया है ऑफिस। समय से पहले। उसी उतावली में जिस प्रकार कुछ दिनों से भाग रहा है और वह ठगी सी देखती रह गई है नाश्ते की प्लेट में अपने सधे हाथों बनाए उसके लिए गोभी के पराँठे और धनिया की चटनी को जो उसे बेहद पसन्द है। मेज पर भरे हुए रखे टिफिन भी उसका मुँह चिढ़ा रहे। संशय के हजारों पंख उग आते हैं उसके मस्तिष्क में। क्या हो गया है इस लड़के को आजकल? ऐसी क्या परेशानी है जो उसे इस कदर उद्विग्न कर रही है? न हाय, न बाय, न जाने की विदा माँगना...। न आने का समय बताना...। चिन्ता विचित्र-विचित्र शक्ल अख्तियार कर कचोके लगाने लगती है उसे। परेशान हो उठती है सुजाता हर क्षण प्रहार करती इन स्मृतियों से। लाख संयम बरतने का उसका संकल्प छिन्न-भिन्न होने लगता है।

स्मरण करने की कोशिश करती है कि क्या हर्ष इतना उदास और गुमसुम रहा था कभी...। जवाब मिलता है, नहीं...। बल्कि सदा से खुशमिजाज रहे हर्ष की शोखी उम्र के साथ और बढ़ती गई थी। एमबीए के लिए प्रतिष्ठित संस्थान ज्वाइन करने के बाद तो उसके होंठ हमेशा तिरछे रहते और चाल भी बाँकी हो गई थी। आँखों में विचित्र सी चमक दिखती। इंस्टीट्यूट से आते ही चाबी दिये गुड्डे की तरह शुरू हो जाता दिन-भर का हाल सुनाने...

"पता है मम्मा, मेरे इंस्टीट्यूट में फिफ्टी परसेंट लड़कियाँ तो होंगी ही। कितनी बेबाक और बोल्ड हैं सभी...। नाम मात्र को भी झिझक नहीं है उनके

अन्दर। बल्कि लड़कों में ही कई इतने संकोची हैं कि लड़कियाँ उन पर अक्सर फब्ती कसती रहती हैं और उनका मजाक भी उड़ाती रहती हैं।"

"हाँ बेटा, समय बहुत तेजी से बदल रहा है। आजकल की लड़कियों का आत्मविश्वास व फ्रैंकनेश देखकर बहुत अच्छा लगता है मुझे।" सुजाता कहती।

पर जाने कैसी चिन्ता है जिसे जबरन दबाने का प्रयास कर रहा है हर्ष। ढाई वर्ष हो गए उसे नौकरी ज्वाइन किये। अच्छी कम्पनी में। तनख्वाह भी बहुत अच्छी है। स्वयं भी वह आकर्षक व्यक्तित्व का मालिक है। फिर काहे की फिक्र...? कई बार वह उससे पूछ चुकी है, "कोई पसन्द की लड़की हो तो बताओ फौरन शादी करवा दूँगी।" खामोश रह जाता है और उसकी यही खामोशी उलझा देती है उसे सैकड़ों सवालों और आशंकाओं के जाल में।

ऐसा कभी हुआ है कि इनसान जहाँ रहे वहाँ उसका कोई समाज न हो, और वह उसके बन्दिशों से आजाद हो? अपने कुलीग और सहेलियों को जवाब देते-देते थक गई है वह कि जल्द कर रही है हर्ष का विवाह...। रिश्ते भी तो कितने आ रहे हैं। सभी को कितने बहाने बनाए वह टालने के लिए। परसों ही तो मिसेज श्रीवास्तव पूछ बैठीं—"कब कर रही हो हर्ष की शादी...या दहेज वहेज का कोई चक्कर है?" उनके तल्ख शब्द और विद्रूप हँसी गहरे तक चुभ गई थी उसके मन में। जी में आया कड़ा सा जवाब दे उन्हें कि हर्ष कोई दूध पीता बच्चा है जो उसे कोई भी झुनझुना थमा दूँ? अब वो पहले वाला समय नहीं रहा जब समाज या रिश्तेदारों के दबाव में बेमेल शादियाँ कर दी जाती थीं बच्चों की। अब अभिभावक होने के दंभ में उनके जीने के अन्दाज को इग्नोर नहीं कर सकते हम। उनकी पसन्द और नापसन्द का खयाल रखना जरूरी है। अगर उनकी पसन्द को इग्नोर करना चाहेंगे भी तो नहीं करने देंगे वे पर वह चुप रह गई थी। इन बातों को मिसेज श्रीवास्तव क्या समझती नहीं हैं पर किसी-किसी की आदत होती है दूसरों को टीज करने की। उसे लगा लेकिन हर्ष भी तो यह मौका सहज उपलब्ध करा रहा है सभी को। कुछ पूछो तो चुप रहता

है या बात आरम्भ होते ही भाग खड़ा होता है किसी बहाने वहाँ से बिलकुल आज की तरह। जिस तरह समय से पूर्व ऑफिस के लिए भागता है। उस तरह समय से कहाँ आता है घर। कभी समय से आता भी है तो अपने कमरे में बन्द हो जाता है। दो प्राणियों वाले इस घर में एक का मौन रहना अजाब ही तो है दूसरे के लिए। मानो किसी गुफा में जीना। कसक सी उठी उसके दिल में। पति का सहारा नहीं मिला। पुत्र की आत्मीयता के सहारे जी रही है इस वीराने में। क्या यह वीराना उसकी नियति बन जाएगा? वह स्वावलम्बी है पर अर्थ जिन्दगी का अर्धसत्य है। यदि यह पूर्ण सत्य होता तो लाखों-करोड़ों के मालिक आत्महत्या नहीं करते। आत्मीयता भरे दो बोल बहुत मायने रखते हैं जीने में। वह भी इस भरम को तोड़ना नहीं चाहती। इसलिए हर्ष पर दबाव बना रही है शादी के लिए पर जाने क्यों वह चुप्पी साधे बैठा है। न खुद कुछ कर रहा न उसे कुछ करने दे रहा। उसके कुछ न कहने और अपनी कहते रहने से अब कोफ्त सी होने लगी है उसे।

कभी-कभी उसका आन्तरिक भय आक्रान्त कर देता उसे...कहीं हर्ष का झुकाव समलैंगिकता की ओर तो नहीं है? कितना क्षुब्ध थी आरती उस दिन अपने इकलौते बेटे सुरेश के इस आचरण और हाई कोर्ट के उस फैसले पर जिसने इस सम्बन्ध की वैधता पर मुहर लगाई थी। क्रोध से उबल रही थी वह..."अब सुप्रीम कोर्ट का उसे अवैध ठहराना भी क्या असर डालेगा इन दीवानों पर? देख रही है न सुजाता! ढका-छुपा सम्बन्ध व कुकर्म अब चौक-चौराहों पर मुँह उघारे कैसे विहँस रहा है बेशर्मी से। कैमरों के सामने अपनी चाहतों को जायज ठहराने और अधिकारों के लिए चीखते-चिल्लाते या हर्ष से पुलकित चेहरों को देख क्या इनके माता-पिता या सगे-सम्बन्धी भी इसी प्रसन्नता का अनुभव कर रहे होंगे? इसी सहजता से स्वीकार कर रहे होंगे इस असहज व अप्राकृतिक रिश्ते को? उम्र का यह ज्वार...हर्ष का यह मिथ्या प्रवाह...क्या इसी प्रकार प्रवाहित रहेगा सदा इनके भीतर? कितनी बेगानी है यह पीढ़ी अपने आस-पास से। अपनों से। समय तेजी से बदल रहा है तो क्या वह मात्र ढलान की ओर बह रहा...? लड़कों का लड़कों की और लड़कियों

का लड़कियों की ओर बढ़ता यह आकर्षण कहाँ ले जाएगा सम्बन्धों की मर्यादा को, सृष्टि के नियम को? उसके बाद तो वंश डूबा ही समझो...।" कहकेर फफक पड़ी थी वह।

भय की ठंडी लहर दौड़ गई थी सुजाता की रग-रग में। सच ही तो कह रही है आरती। यह कैसी उलटी आँधी बह रही है देश-दुनिया में? आधुनिक होने का यह मतलब तो नहीं कि हम पुनः आदिम मानव बन जाएँ। निरंकुश जीएँ, समाज और परिवार को धता बताएँ। अपनी खुशियाँ, अपनी चाहतें, अपनी तुष्टि, सन्तुष्टि, अपना जीवन। उस जीवन में किसी और की न दखल हो न साझेदारी...। मात्र खुद की शर्तों पर जीना। समझ नहीं पाती सुजाता कि यह कैसा जीना है या भय से पलायन करना है? यदि हर्ष का भी झुकाव इस ओर हुआ तो...? ओह नो...ऐसा नहीं होना चाहिए। बिलकुल नहीं होना चाहिए। बरदाश्त नहीं कर पाएगी वह यह सच। आरती की पीड़ा वह समझ रही है, उसकी पीड़ा का कारण भी तो भय ही है। यह सच मात्र उतना ही नहीं होगा कि उसका बेटा गे है। अपनी इच्छानुसार जी रहा है। जिएगा भी अपना जीवन। सामाजिक और प्राकृतिक तौर पर आधा-अधूरा जीवन। सृष्टि के प्रतिकूल। पर वह कैसे जी पाएगी अपने सपनों, चाहतों व इच्छाओं और खुशियों का अन्त देखकर। "क्या अपनी सन्तान से तनिक सुख की अपेक्षा करना अपराध है?" यही प्रश्न न किया था उस दिन आरती ने उससे। आज वह स्वयं से पूछ रही है यह प्रश्न बार-बार।

कैसे हर्ष को समझाए वह..., कैसे अपनी शंका व्यक्त करे? ज्यादा जोर देने पर कहीं वह कह बैठा..."आप भी न मम्मा, जाने किस युग में जी रहे हो? यह सब तो अब कामन बात है।" सोचकर ही काँप जाती है वह। समय के साथ अनकामन बातें कामन हुई हैं। उसके समय में यह समाज भी इतना उदार कहाँ था। तब प्रेम भी अक्षम्य अपराध था समाज और अभिभावक की नजरों में। अब समाज भी उदार हुआ है और अभिभावक भी समझौता करना सीख गए हैं। बल्कि एक ऐसा दोराहा आ गया है उनके सामने कि पक्ष में सोचकर परेशान हैं और विपक्ष में सोचकर और अधिक परेशान हैं। उदार बनें

तब कष्ट..., न बनें तो तिरस्कार। भावावेश के भीषण प्रवाह में श्रद्धा, समर्पण जैसे भाव तिरोहित हो गए हैं।

आरती का पीड़ित स्वर..."हम कहाँ मना कर रहे हैं अपने बच्चों को अपनी जिन्दगी जीने से किन्तु वे भी तो परवाह करें हमारी। हमारी भावनाओं की। हैरान हूँ मैं सम्बन्धों में नित नये चेहरे देखकर। लिव इन रिलेशनशिप...सरोगेट मदर...अंग्रेजी शब्दों के आवरण में ढके रिश्तों का भय...। ऐसे में किसी से समर्पण की उम्मीद पालना...?" यहाँ आकर उलझ जाती है सुजाता। नई राहें खोजना...उन पर चलना अलग बात है पर मंजिल तक पहुँचने की चाह या जिद विपरीत बातें हैं। एक ओर इन्हें रिश्तों से जकड़न का एहसास हो रहा है तो दूसरी ओर बन्धन बिना असुरक्षा का बोध। ऊहापोह की यह स्थिति इन्हें सम्बन्धों का उत्सव नहीं मनाने दे रही। तनाव, अवसाद और हिंसा भावनाओं पर हावी हो रहे। अखबार या टीवी रोज तो यही दिखा रहे हैं।

वह जानती है अति महत्त्वाकांक्षा, करियर के प्रति सजगता और सब कुछ जल्द पा लेने की ख्वाहिश में सब कुछ ढहा देने का जुनून। जिज्ञासा में हो रहे बहुत से एक्सपीरियंसेस कुछ से भी वंचित रहना मंजूर नहीं इस पीढ़ी को। इनके आगे चुनौतियाँ अधिक हैं परन्तु सांसारिक अनुभव कम। किससे कहे वह यह सब। हर्ष जो सोचेगा, समझेगा उसे ही उचित ठहराएगा। उसके आगे सारी दुनिया सिमट आई है। जब मन हुआ बटन क्लिक करो...देख लो...लेकिन देखा हुआ छद्म भी हो सकता है इसे समझने, इसके तह तक जाने का समय कहाँ है इनके पास। इन लोगों की समझ में अगली पीढ़ी ठहरा हुआ तालाब है जिनके पास समय ही समय था देखने, जानने और भोगने के लिए। हर्ष के मित्रों के बीच होती ये वार्ताएँ उसे बहुत विचलित करती रहीं परिणामस्वरूप वह रिजर्व होती गई थी हर्ष से बात करने में। पर रिजर्व होने में हानि उसी की थी। अकेली पड़ जाने की। चाहती हर्ष घर आते ही दिन भर का अपना अनुभव सुनाए। उसका पूछे। हँसे, हँसाए...। उसके मन का सन्नाटा दूर कर दे। ऑफिस में कुलीगों के बीच फार्मल बातें उसके मन के सन्नाटे को तोड़ती जरूर थीं पर घर का सन्नाटा उसे विवश कर देता। हर्ष

उसके प्यार, दुलार, सहारा और सांत्वना के सहारे परवान चढ़ता रहा था लेकिन उसके पीछे कोई ऐसा हाथ जो उसका सहारा बनता...सदा अभाव रहा। ऐसे में हर्ष में उसने अपना अतीत, वर्तमान और भविष्य भी देखा तो क्या यह उसका अपराध है। कैसे कह देती उसे हर्ष से कोई उम्मीद नहीं। वह स्वावलम्बी है अर्थ के मामले में। तन्हाई का विकल्प क्या अर्थ हो सकता है? तो कैसे चिन्ता न होती उसे हर्ष की। कैसे तटस्थ रहे वह यह सोचकर कि हर्ष अब बड़ा हो गया है।

ऑफिस में भी अपने मन में हो रहे उथल-पुथल से निजात नहीं मिली उसे। सोचा छुट्टी के बाद आज कनॉट प्लेस में ही समय बिताएगी। कौन बैठा है घर में प्रतीक्षा में। उसने प्रयास भी किया परन्तु फालतू भटकना उसे रास नहीं आया।

घर का बन्द दरवाजा ऐलान कर रहा था हर्ष अभी लौटा नहीं है। वह अपने रूटीन वर्क में लग गई परन्तु कान दरवाजे की ओर ही लगे रहे। खाना बन गया। दो प्याली चाय भी उसने पी ली। खाना मेज पर लगाकर अपने कमरे में आ गई और बिस्तर पर अधलेटी पड़ रही भूखी। चिन्ता फिक्र के ज्वार में उसे एहसास तक नहीं हुआ हर्ष कब आया। कब वह अपने कमरे में गया। किसी खटका ने उसे सतर्क किया। चिन्ता के भँवर से उबरकर वह बिस्तर से उठी और कमरे से बाहर आई।

हर ओर व्याप्त सन्नाटा रात गहराने का आभास दे रहा था। उसने हर्ष के कमरे की ओर देखा। वह रौशन था। हर्ष कब आया उसे तनिक भी भान नहीं हुआ। खाना खाया या नहीं? क्या वह अभी तक जाग रहा है? वह फिर परेशान हो उठी। कैसी उलझन पाल रखा है इस लड़के ने जो उसे बेचैन किये हुए है। पहले तनिक भी उलझन होती थी उसे फौरन चला आता था उसके पास। अब अपने स्पेस में क्या वह उसकी मौजूदगी नहीं चाहता? फिर टीस उठा उसका मन। जी में आया नहीं जाए उसके कमरे में। नहीं पूछे खाना खाया या नहीं। नहीं पूछे परेशान क्यों है? जब वह उसके लिए वांछित नहीं रही। सभी के अपने-अपने स्पेस हैं। साझीदार हैं। नासमझ, नादान

तो वह ही थी। वर्जनाओं की दीवारें उठा रखी थीं अपनी भावनाओं के इर्द-गिर्द। जीवन के दिन दूसरों में अपनी पूर्णता तलाशने में नहीं कटते। नहीं सोचा उसने कभी।

अपने कमरे की ओर मुड़ी। फिर वही चिन्ता...वही दायित्व-बोध...। रोक न सकी स्वयं को। बच्चा और युवा में फर्क नहीं होता। बच्चा चीख-चीख कर अपनी बात मनवा लेता है। हठ करता है। युवा अपनी भावनाओं को दबाना चाहता है परन्तु अक्सर वह असमर्थ होता है मनोभावों को छुपाने में। हर्ष जब बच्चा था कितने धैर्य से सुनती थी वह उसकी बातें। अब भी संयम उसी को बरतनी होगी। मुलायमियत से खोलनी होगी उसके मन की गाँठ। तल्खी से रियेक्ट भी कर सकता है वह। कभी-कभी थक जाती है वह यह सोचकर कि सहज नहीं होता माता-पिता और मित्र का किरदार एक साथ निभाना।

आहिस्ता से उसने हर्ष के कमरे का दरवाजा खोला। बिस्तर पर लेटा हर्ष टकटकी लगाए छत को निहार रहा था। धीरे से वह उसके बगल में बैठ गई। हर्ष कुछ नहीं बोला सिर्फ करवट बदल लिया। क्षुब्ध हो उठी वह उसके इस व्यवहार से। हर्ष की उपेक्षा से उसकी आँखें डबडबा गईं। जी में आया खूब डाँटे वह उसे लेकिन मन मसोसकर रह गई। डाँट-डपट से परे जा चुकी थी हर्ष की उम्र।

"क्या बात है हर्ष, अभी तक जाग रहे हो?"

"नींद नहीं आ रही है।" छोटा-सा उत्तर उछाल दिया उसने बिना उसकी ओर मुड़े।

"ऑफिस का वर्क लोड ज्यादा तो नहीं?"

"कोई विशेष नहीं।"

"तो फिर इतना परेशान क्यों हो बेटा, दो लोगों की गृहस्थी में कितना कुछ चाहिए हमें?"

"मैं 'कुछ' के लिए कहाँ सोच रहा हूँ। आपने ही इतना कुछ छोड़ रखा है कि बहुत ज्यादा...।" कहकर उसने वाक्य अधूरा छोड़ दिया और गहरा नि:श्वास लिया। उसकी बातों ने सुजाता को असमंजस में डाल दिया। समझ

नहीं पाई वह इतना कुछ रख छोड़ा है वह ज्यादा है या कम। एक रीडर के लिए जीवन जीने का तरीका अलग होता है और एमबीए के लिए बिलकुल अलग। उसे पता है। उसे यह भी एहसास है हर्ष उसका इकलौता बेटा है, इस नाते उसका और हर्ष का कुछ भी अलग नहीं है फिर यह लड़का किस उलझन में उलझा है?

"कुछ तो बोल हर्ष, यह बेचैनी यूँ ही नहीं आती इनसान के अन्दर। तुमसे अधिक वक्त गुजारा है मैंने इस धरती पर। अनुभव के मामले में तुमसे सीनियर हूँ।" कहकर वह हँसी। शायद उसकी हँसी हर्ष के मन की गाँठ खोलने में सफल हो जाए। ऐसा होता भी रहा है पहले। तन्हाई से उपजे अवसाद से जब भी कभी हर्ष बेचैन होता था वह डर जाया करती थी और फौरन कोई जोक सुनाकर हँस पड़ती। हर्ष भी हँस देता। उसे खुश रखने और स्वयं खुश दिखने के लिए कितने नाटक करने पड़ते थे उसे। तन्हाई में कभी-कभी अपने अभिनय को याद कर वह सोचती...एक अच्छी अभिनेत्री बन सकती थी वह पर अपना सोचा-समझा कब होता है इनसान का। जरा सी भूल यानी ज्ञान को चाहने की। कितनी बड़ी सजा बन गई उसके जीवन के लिए कि न वह घर की रही, न घाट की। घर छुड़ाया पिताजी के अहं ने। उनके थप्पड़ से उपजी जिद ने। तब मंजिल बना सम्मुख खड़ा था ज्ञान। घर छोड़ते समय दुख रही थी तो मात्र पिताजी के थप्पड़ की चोट। अकारण क्यों मारा था उन्होंने उसे। ज्ञान से उसकी दोस्ती थी। वह अच्छा भी लगता था उसे। उसके साथ जीवन बिताने को इच्छुक भी थी वह बशर्ते पिताजी मान जाते। कट्टर कर्मकांडी पिता को पी-एच.डी. कर चुका ज्ञान का वैश्य होना ही अपमान की ज्वाला में लपेट लिया था और वे वह सब कुछ कर गुजरे थे जो एक एम.ए. पास लड़की के साथ किसी पिता को नहीं करना चाहिए था। कमरे में बन्द करना...। ओछे शब्द-बाणों से वेधना...और थप्पड़ जड़ देना।

सुलग ही तो उठी थी वह आपादमस्तक स्वयं को मात्र कठपुतली समझे जाने पर। पिता के उस थप्पड़ ने वह सब कर गुजरने पर बाध्य कर दिया था उसे जो भले घर की लड़कियों के लिए नितान्त वर्जित था और शेष बदनामी

जो वह पिता को नहीं भुगतने देना चाहती थी भुगतने के लिए छोड़ आई थी ज्ञान के साथ राजधानी के अनन्त विस्तार में एक ठाँव खोजने।

घर छोड़ने से पूर्व ही ज्ञान को नौकरी मिल गई थी प्राइवेट स्कूल में शिक्षक की। एक कमरे का आश्रय स्थल भी तब ज्ञान के साथ किसी महल से कम सुखद नहीं था। नौकरी करते हुए ज्ञान किसी कॉलेज में स्टैबलिस्ड हो जाए...प्रयासरत था। वह स्कूल में अर्जियाँ भेजते हुए नौकरी की जुगाड़ में थी। नौकरी मिल भी गई उसे। उसी के साथ संसार के सबसे अमूल्य नेमत ने भी उसके द्वार पर दस्तक दी थी...हर्ष का उसके गर्भ में आना।

फिर वही वाक्य...अपना सोचा कब होता है इनसान का। बहुत ही मुख्तसर साबित हुई थी उसके प्यार की उम्र। जून की एक उदास दोपहर थी जब ज्ञान का दोस्त रमन वह मनहूस खबर लेकर आया था..."ज्ञान की शादी होने वाली है। वह घर चला गया है।" वज्रपात ही तो हुआ था जैसे उसके सर पर। बेदरख्त रेगिस्तान में खड़े होने का अनुभव उसके मस्तिष्क को शून्य कर दिया था और धराशायी हो गई थी कटे वृक्ष की तरह।

तीन दिनों सरकारी अस्पताल में नीम-बेहोश रहने के बाद वह लौटी थी उस कमरे में तो लगा था जैसे किसी कब्र में लौटी हो। हर किसी के सवालों से बचने और समाज में सम्मान से जीने के लिए विधवा का बाना पहन लिया था उसने। उस दिन उसे शिद्दत से अनुभव हुआ था कि घर से भागी हुई लड़की किनारे से छूटी हुई उस नाव की भाँति होती है जिसे माँझी चाहे तो किनारे लगा दे या मझधार में डुबा दे यह उसके रहमोकरम पर होता है। और इस उक्ति का महत्त्व आज भी बदस्तूर कायम था। हाथ-पाँव मारने तथा विधवा का बाना ने सहानुभूतिवश एक स्कूल में उसे शिक्षिका का पद दिलाया। अब अर्थ की समस्या नहीं थी और इसी ने हौसला दी थी उसे समस्याओं से जूझने का। फिर तो हर्ष था...वह थी और पीछे मुड़कर देखने की फुर्सत कहाँ थी उसे।

और वह पल जिसने उसे फिर कभी किसी पर विश्वास नहीं करने दिया और ना ही उसने किसी पुरुष को कभी गम्भीरता से लिया। अपने मन को वीणा की तारों की तरह साध लिया था उसने। साधने में समय और श्रम तो

लगा था पर एक बार जो सधा तो फिर कभी ढीला नहीं होने दिया उन्हें। दूसरों पर यकीन करने से बेहतर समझा खुद पर यकीन करना जो कभी पीड़ा का कारण न बने।

हर्ष का हल्का खर्राटा उभरा...। दिमाग भन्ना गया उसका। इतनी जल्दी नींद आ गई इसे। या यह बहाना है मेरे प्रश्नों से बचने का? वह अनमनी सी उठी और बाहर निकल आई। कल रविवार है। एक आखिरी प्रयास करेगी वह हर्ष के अन्दर के अवसाद को बाहर निकालने का।

जुलाई के आखिरी हफ्ते की सुबह। रात में बारिश हुई थी। आसमान निखरा-निखरा सा था। लॉन की क्यारियों में पानी जमा था। फूल-पत्तियाँ धुली-पुँछी पुरवा हवा के झोंके से मस्ती में झूम रही थीं। यह दृश्य छोड़ने को उसका जी नहीं किया। फिर भी हर्ष को आवाज देकर वह किचन की ओर बढ़ गई। जब तक हर्ष फ्रेश होगा चाय तैयार हो जाएगी। हर्ष को ग्रीन टी बहुत पसन्द है। खासकर सुबह के समय। उसके मूड को सही रखना है आज। सप्ताह में एक ही दिन तो सकून का मिलता है रविवार चाय का आनन्द लेने के लिए। छह दिन तो भागमभाग रहता है घर से ऑफिस और ऑफिस से घर।

चाय की ट्रे लिये वह बरामदे में आई। हर्ष वहाँ नहीं था। चाय की ट्रे मेज पर रखकर उसने फिर हर्ष को आवाज दी...

"हर्ष आ जाओ, चाय ठंडी हो जाएगी।"

"आ रहा हूँ।" हर्ष की अलसाई आवाज आई।

"जल्दी कर बेटा।"

चाय की चुस्की लेते हुए वह मौन रहा। उसने भी खुद को जब्त रखा। माकूल समय देखकर बात छोड़ेगी। आज तय कर ही लेना है। क्या करना है उसे। वह कुछ करेगा य. उसे करने देगा?

"लगता है रात में जमकर बारिश हुई है, मौसम बहुत अच्छा हो गया है, है न मम?"

हर्ष ने कहा तो गद्‌गद हो उठी वह। महीनों बाद आज उसमें इतनी सहजता का अनुभव हुआ। उसने अवसर को जाया न करते हुए बात छेड़ दी...

"हर्ष कब तक टालते रहोगे मेरी बात?"

"कौन सी बात मम?" चाय की प्याली मेज पर रखते हुए उसने पूछा।

"तुम्हें खूब पता है मैं क्या पूछ रही हूँ। कोई तो जवाब दो। खीज हो रही है अब तो मुझे।"

हर्ष कुछ बोलता, तभी करीब स्वर उभरा...

"घोर आश्चर्य...आज इतनी सुबह कैसे जाग गया तू?" नवेन्दु खड़ा था। हर्ष का दोस्त। अभी उसे देखकर और दिनों की तरह खुशी नहीं हुई सुजाता को। इस समय को वह किसी तीसरे से शेयर करने के मूड में नहीं थी।

"तू भी तो सबेरे-सबेरे ही धावा बोलने चला आया।" हर्ष बोला।

"आंटी जी खामोश हो गईं, लगता है कोई गम्भीर बात हो रही थी?" नवेन्दु ने पूछा।

"नहीं रे, चल कमरे में चलते हैं।" हर्ष उठ खड़ा हुआ। अपने कमरे की ओर बढ़ते हुए कहता गया..."दो चाय देना मम!"

झुँझला उठी वह, आज फिर हर्ष को बात टालने का मौका मिल गया था।

खीजती-झींकती वह उठी। किचन की ओर बढ़ गई। हर्ष के रवैये से फिर संशय का भूत सवार हो गया उसके सर पर। जाने क्या-क्या खुसुर-फुसुर करते रहते हैं ये लोग? अब तो लड़के दोस्तों के साथ हर्ष को देखकर अधिक असहज महसूस करती है वह पर लाख कुढ़ो या खीजो ये लोग सुनते कहाँ हैं किसी की। अपनी ही रौ में जीते हैं। सबकी उपस्थिति को नकारते हुए अपनी ही दुनिया में मगन...जैसे हमारी कोई जरूरत ही नहीं इन्हें। हम तो मात्र गवर्नेस हैं। देखभाल करनेवाले भावनारहित कठपुतली। चाय बनाते हुए वह चाय की ही भाँति खौलती रही क्षोभ की आँच से।

चाय की ट्रे लिये वह हर्ष के कमरे की ओर बढ़ी। दरवाजा भिड़का हुआ था। खोलना ही चाहती थी कि अन्दर से आती आवाज पर उसके पैर वहीं थम गए।

"आंटी कुछ कह रही थीं मेरे आने से अचानक चुप हो गईं। कोई खास बात है हर्ष?"

"बहुत परेशान हूँ मैं यार, मम शादी के लिए जोर दे रही हैं।"

"तो इसमें परेशान होने वाली क्या बात है?" नवेन्दु ने ताज्जुब से पूछा।

"यार मैं शादी नहीं करना चाहता।"

"पर क्यों?"

"ऐसे ही।"

"क्या कोई पसन्द आ गई है या लिव इन रिलेशनशिप में रहने का इरादा है।" कहकर नवेन्दु हँसा।

"वैसा तो मैं सोच भी नहीं सकता, तू समझता क्यों नहीं नवेन्दु।"

"क्या मजाक है हर्ष, वह भी नहीं, यह भी नहीं तो फिर तू चाहता क्या है?" नवेन्दु का स्वर खीजा हुआ था।

"जाने क्यों एक अनजाना सा भय हमेशा सताता रहता है मुझे। इसे मजाक मत समझ यार। सच कह रहा हूँ।"

"कैसा भय हर्ष?" चौंककर पूछा नवेन्दु ने। कुछ पल सन्नाटा रहा। सुजाता की धड़कनें तेज हो गई थीं। भय का स्वरूप जानने के लिए उसके कान उतावले हो रहे थे।

"जो एटिट्यूट देख रहा हूँ आजकल लड़कियों के, ऐसे में हमारी शादी सफल होगी...सोचकर ही आक्रान्त हो जाता हूँ। बाद में उपहास का पात्र बनने से अच्छा है शादी ही न करूँ।" हर्ष का उदास स्वर और मंशा जानकर सुजाता ने सकून की साँस ली। तो यह है इस लड़के की चुप्पी का राज। यह तो पहाड़ खोदने पर चुहिया निकलने जैसी बात हुई। यह इतना बड़ा भय नहीं जिसे हर्ष के मन से निकाला न जा सके।

चाय लिये वह सहज कदमों से कमरे में आई। प्याली दोनों को पकड़ाया, बिस्तर पर बैठी और बगैर किसी भूमिका के बोली...

"मैंने तुम्हारा भय सुन लिया है हर्ष, तेजी से बदलते समय में उसी रफ्तार से आगे बढ़ते लड़कियों के कदम के साथ उनकी सोच भी विकसित तथा परिमार्जित हुई है। वे अब अपने को व्यक्ति मान रही हैं और अपने साथी से सहमति की अपेक्षा कर रही हैं किन्तु इस मामले में पुरुष कहीं न कहीं

ठिठके से रह गए हैं। सदियों की वही आदिम सोच, अहं...इतनी जल्दी छूट जाए। इसके प्रति न वे सजग हैं, न प्रयासरत। मूल समस्या यहाँ है हर्ष! स्वयं को बदलो...सब कुछ ठीक हो जाएगा। भय के साथ जीवन का आनन्द नहीं लिया जा सकता।"

कहकर वह उठी और तेजी से कमरे के बाहर आ गई...।

रिश्ता

"कल तुम जा रही हो?" तुम पूछते हो।

तुम्हारी आवाज में सहजता है या सहज बनाने का प्रयास, गौर नहीं करती मैं पर जाने क्या तलाश है मेरी अपेक्षा को। वह मायूस हो मेरी आवाज का गला दबा बैठती है। मैं जूझने लगती हूँ अपनी ही अपेक्षा से द्वंद्व युद्ध...।

दिसम्बर के आखिरी हफ्ते की बेहद कुहरीली शाम। एक साहित्यिक आयोजन की भीड़ से छिटककर बैठे हैं हम बुद्धमार्ग के ऊँची बिल्डिंग की सीढ़ियों पर। जैसे-जैसे शाम गहरा रही, कुहरा घना होता जा रहा। हल्की पछिया हवा सिहरन जगा रही है बदन में। बगल में स्थित चाय की गुमटी के करीब चन्द लोग खड़े चाय की चुस्कियाँ ले रहे।

तुम चाय वाले को आवाज देकर दो चाय भेजने को कहते हो, दूध-चीनी कम, ज्यादा पत्ती वाली कड़क। ऐसी चाय सदा से पसन्द रही है तुम्हें। सुना था कालान्तर में बहुत कुछ बदल जाया करता है इनसान का...चेहरा-मोहरा, हाव-भाव, ही नहीं पसन्द और नापसन्द भी। यह उक्ति असत्य लग रही अभी। बदलती होगी स्त्रियों की। उनका तो हर चीज बदल जाया करता है, जननी से लेकर जन्मभूमि तक। नाम से लेकर पहचान तक। पसन्द भी सर्वोपरि हो जाती है पति और ससुराल वालों की भोजन से लेकर वस्त्र तक पर लेकिन पुरुषों की पसन्द बदले इसकी न कोई मजबूरी है न बाध्यता ही। नहीं बदली है तुम्हारी पसन्द भी।

"तो तुम्हारा जाना निश्चित है?" फिर वही सवाल। लगा है तुम पूछ कम

कुरेद अधिक रहे हो मुझे ताकि मेरे हृदय के गह्वर का अँतरा-कोना खँगाल सको...कि वहाँ क्या-क्या पोशीदा है। तुम्हें खूब पता है मेरा जाना निश्चित है। वापसी का कन्फर्म टिकट भी देख चुके हो...फिर बार-बार तुम्हारा यह पूछना...

गौर से देखती हूँ तुम्हारे चेहरे को। वहाँ कोई भी भाव मुखर नहीं है। वैसे भी भावों को छुपाने में सदा से तुम माहिर रहे हो। कहाँ स्पष्ट होने दिया कभी वहाँ कोई भाव और इसी महारत में कितना कुछ अस्पष्ट ही रह गया हमारे दरमियान...जिसे स्पष्ट करने का न कभी मैंने आग्रह किया और न तुमने प्रयास...। बस समय प्रवाहित होता रहा हवा संग हँसता...गुनगुनाता या दौड़ता या थमकता।

"हूँ," छोटी-सी हुंकारी भरती हूँ मैं। इससे अधिक कुछ और कहने का जी नहीं कर रहा अभी। बोझिल अनुभूतियाँ शब्दों को भींच रही हैं। ऐसा प्राय: पहले भी अनुभव होता रहा है मुझे जब-जब हम पास होते...स्थिति-परिस्थितियों तथा स्वयं से भी दूर, बहुत दूर निकल जाया करते थे जाने कैसी यात्रा पर जहाँ से लौटना बहुत ही त्रासद लगता था। उससे अधिक त्रासद लगता था विदा लेना...।

"क्या बहुत जरूरी है जाना...?"

फिर वही सवाल...पर इस बार जिज्ञासा के साथ। लगा, इस जिज्ञासा में मेरे जाने के कारणों की खोज है। इस खोज की ललक में मेरी अपेक्षा को कुछ मिलता है 'कुछ' जैसे खुश्क पत्तों पर ओस की चन्द बूँदें...कि लगे आसमान रोया है, रात में छुप-छुपाकर।

कहना चाहती हूँ—जाना जरूरी है तभी तो टिकट बनवाया है मैंने...पर नहीं कहती। तुम्हारी चाहत का कुछ-कुछ अनुमान हो रहा परन्तु यकीन नहीं हो रहा। हुआ भी नहीं कभी तुम्हारी बातों पर जो हमेशा अपारदर्शी रहीं सतह तक गाढ़ेपन से ढकी पर मैंने सदा उनमें पारदर्शिता की तलाश की। हर उन लम्हों में जब-जब तुम्हारे शब्द मुखर हुए तब-तब उस मुखरता से सुखद लगी तुम्हारी खामोशी। उस खामोशी में मेरे मन के सन्नाटे ने कितनी दुनियायें आबाद की, जहाँ हम संग-संग रहे...एक फासले के साथ परन्तु जब भी तुम्हारा मौन मुखर हुआ...तो महीनों तक मेरा सन्नाटा जाने क्यों सिसकता रहा...।

ऐसा क्यों हुआ और ऐसा क्यों होता रहा है सदा। मेरी यात्राएँ यहीं आकर विराम क्यों लेने लगतीं। ठहराव की आकांक्षी क्यों रहीं? जबकि बहुत-सी आकुल-व्याकुल और पुरकशिश आवाजें हमेशा साथ रहने की जिद में मँडराती रही थीं मेरे इर्द-गिर्द इस अहद के साथ कि उनकी मुखरता बिलकुल मेरी आकांक्षा के अनुकूल व अनुरूप होंगी। जाने उन आवाजों को मेरी आकांक्षा की थाह कैसे लगी या सारी अनुमान के तहत ही विचरती रहीं...

"वैसी कोई खास नहीं लेकिन वहाँ मैंने फोन कर दिया है आने की।" मैं कहती हूँ।

तुम चायवाले को आवाज देते हो। डपटते भी हो देरी के लिए। तुम्हारे अन्दर की उथल-पुथल का आभास हो रहा इस डपटने में। चायवाला तेजी दिखाता है डिस्पोजेबल गिलास में चाय लिये आ पहुँचता है। चाय का गिलास उससे लेकर तुम खुद मेरी ओर बढ़ाते हो। शिष्टाचार निभाना नहीं भूले हो तुम। वही शिष्टाचार जिसने कभी गहरे तक छू लिया था मेरे हृदय को।

कुहासा घना होने लगा है। सड़कों पर खड़ी न्योन लाइटें पीलिया के मरीज की तरह जर्द आँखें मिचमिचा रही हैं। हवा ने अपनी धार तराश ली है। कन्धे पर रखी शॉल को मैं अपने चारों ओर लपेट लेती हूँ। तुम पुलोवर में हो। हाईनेक पुलोवर में। मफलर लपेटना सदा से नापसन्द रहा है तुम्हें। मुझे याद है इसलिए तुमसे कुछ नहीं कहती। ठंड ने हमारे शब्दों और साँसों में भाप भर दी है।

चाय समाप्त कर हम खाली गिलास सीढ़ियों के नीचे रखते हैं। पॉकेट से तुम सिगरेट का पैकेट निकालते हो, लाइटर भी। पैकेट से एक सिगरेट निकालकर होंठों में दबाते हो। लाइटर जलाकर उसे सुलगाने के बाद लम्बा कश खींचकर धुएँ का गुबार ऊपर फेंकते हो। तुम्हारी पुरजोर कोशिश होती है छल्ला बनाने की पर धुआँ हवा में बिखर जाता है। माहौल में एक अजीब-सी तीखी बू फैल जाती है। मैं नाक नहीं सिकोड़ती। पहले...बहुत पहले शुरुआती मुलाकातों में ऐसे मौकों पर मैं रूमाल रख लिया करती थी नाक पर। सिगरेट की गंध से उबकाई का एहसास होता था। धीरे-धीरे नाक भी इस गंध की आदी हो गई है।

"टिकट वापस भी तो किया जा सकता है।" तुम आहिस्ता से कहते हो

जैसे खुद से ही कह रहे हो। इस कथन में कोई आग्रह, जिद या आदेश नहीं। इतनी तटस्थता...बिलकुल तालाब के हलचलविहीन जल की तरह। तुम्हारी यही तटस्थता पसन्द नहीं रही कभी मुझे। ठहराव हमेशा जमा देता है मेरा जोश, उमंग और उत्साह...। वे भागने को आतुर हैं...सरसराती, गुनगुनाती हवा संग दूर बाँसवन में। उछलती, किनारों से सरकशी करती समन्दर की लहरों में। एक उछलती-भागती नदी का ठहरे हुए चट्टानों से क्या वास्ता...? मन पूछता है।

"हाँ, किया तो जा सकता है।"

मैं मात्र तुम्हारे वाक्य को दुहराती हूँ। उसका जवाब नहीं देती। यह सवाल है भी नहीं। महज राय है फालतू-सी जिसका औचित्य मेरी समझ में नहीं आता पर मैं तुमसे पूछती भी नहीं कि क्यों किया जाए वापस। कभी पूछा भी नहीं तुमसे। तब भी जब इस क्यों का जवाब पाने का औचित्य था और आवश्यकता भी...

वह भी एक ऐसी ही कुहरीली शाम थी। उस शाम भी हम इसी तरह एक साहित्यिक आयोजन से ही निकले थे। उस शाम भी हम इसी तरह गोष्ठी जमाने इन्हीं सीढ़ियों पर बैठे थे। उस शाम भी चायवाले को चाय लाने के लिए तुमने इसी तरह आवाज दी थी पर उस शाम हम दो नहीं छह थे, सब के सब तुम्हारे मित्र। मेरे सिर्फ परिचित और उस शाम जमकर आयोजन और आयोजनकर्ताओं की बखिया उधेड़ी गई थी। तुम्हारे सारे दोस्त बेहद वाचाल लगे थे। वे वैसा ही थे या उस दिन वाचाल हो गए थे मेरी उपस्थिति से। छह पुरुष मध्य मात्र एक लड़की। साहित्य की दुनिया में हाथ-पाँव मारती। अभी उसके पहले पायदान पर लड़खड़ाती-सी खड़ी। तमाम आगत हलचलों, क्रिया-कलापों को किसी मासूम बच्चे की तरह पलकें झपका-झपकाकर ताज्जुब से देखती।

उस शाम...उन वाचालों, अति वाचालों के जमघट में समन्दर की उछाल लेती लहरों के ठीक करीब स्थिर खड़े लाइट मीनार की भाँति लगे थे तुम। उस दिन और उसके बाद के दिन, महीने और वर्षों में तुम इतने ही गम्भीर थे या गम्भीर बनने की कोशिश करते रहे थे पर तुम्हारी इसी गम्भीरता ने चुम्बक की तरह खींच लिया था मुझे अपनी तरफ। परिचितता...आत्मीयता में बदली थी

और आत्मीयता...? जवाब नहीं मिला कभी...न कभी उसे ढूँढ़ने का प्रयास ही किया मैंने।

मैं...जिसे सादा रंग, शान्त तालाब, बीमार फूल, सुस्त हवा, उदास मौसम, पपड़ाई धरती, कलरवविहीन घोंसले और पत्तियों से हीन वृक्ष सदा अरुचिकर रहे। जो शान्त दिखते हुए भी हमेशा कुलाँचें भरती रही मनोभूमि पर मृगछौने की तरह। इसके बावजूद हम साथ-साथ चलते रहे वर्षों। बैठते रहे एकान्त में। कभी गंगा तट की सीढ़ियों पर। कभी किसी रेस्तराँ के कोने वाली कुर्सियों पर। अनवरत चलते अपने अन्तर्मन के सफर के साथ और ताज्जुब है कभी एक-दूसरे से नहीं पूछा—तुम्हारा सफर दुनिया के किस प्रदेश में जारी है? ऐसा कैसे मुमकिन हुआ?

और फिर एक दिन मैं अपनी शादी का कार्ड लेकर पहुँची थी तुम्हारे पास। अपनी नई दुनिया में प्रवेश की जिज्ञासा लिये। तुम्हारे सामने ही उस पर तुम्हारा नाम भरा—मिस्टर दिव्यांशु। तुम्हारे नाम के पीछे कोई पुच्छला नहीं था। हमने कभी यह तय किया था अपने नाम के आगे-पीछे कोई पुच्छला नहीं लगाएँगे। जातिगत पहचान से हमें सख्त नफरत थी और हम अपने अहद पर कायम थे। "जाति की बैशाखी की हमें कोई जरूरत नहीं। इसकी उन्हें जरूरत है जो पुच्छलों के गोत्र से फायदा उठाना चाहते हैं। जो हमेशा तलाशते रहते हैं महत्त्वपूर्ण संस्थानों को, महत्त्वपूर्ण कुर्सियों पर विराजमान अपने सगोत्रीय पुच्छलों को।" तुमने हिकारत से कहा था।

उस दिन कार्ड लेते समय तक तो तुम सहज थे। सरसरी निगाह उन शब्दों पर दौड़ाने के बाद भावों को छुपाने वाली तुम्हारी महारत अचानक दम तोड़ गई थी। तुम्हारे चेहरे पर कुछ वैसा ही भाव उभरा था जैसे कौवे द्वारा औचक मिठाई का दोना लपक लिये जाने पर किसी बच्चे के चेहरे पर होता है। उस दिन जाने क्यों बेहद सकून मिला था मेरे दिल को। अनजाना-सा सकून...

कार्ड देने के बाद लौटना ही चाहती थी। तुमने रोक लिया था। फिर हम कैंटीन की कुर्सियों पर बैठे, समय से मुँह फेरे कई-कई प्याली चाय पी गए थे। चाय की चुस्कियों के दरमियान तुम पहली बार मुखर हुए थे, बहुत मुखर। मुझे

लगा था किसी आन्तरिक पीड़ा को दबाने, छुपाने का यह प्रयास था तुम्हारा। तुम्हारी इकतरफा मुखरता के बीच मेरे होंठों पर मन्द-मन्द मुस्कान खेलती रही थी जैसे धूल में कोई नन्ही फुदकी फुदक रही हो। तुम्हारी स्थिति तो कह नहीं सकती पर उस दिन बेहद हल्की होकर लौटी थी मैं...रुई के गाले की तरह। जरूरी नहीं कि दुनिया के हर रहस्य को खँगाला ही जाए। एक लापरवाह सोच कौंधी थी जेहन में।

बाद के दिनों में औचक बहुत सयानी हो गई थी मैं अपनी नई दुनिया बसाने की चिन्ता में। वैसे भी बेजा सपने कभी नहीं उतरे मेरी आँखों के आँगन में। मेहनत ही ध्येय रहा सदा प्राप्य तक पहुँचने का। उसे ही साकार करने का प्रयास किया और मनचाहा प्राप्य मेरी झोली में आ गिरा था एमबीए की डिग्री के रूप में। अच्छी कम्पनी के अच्छे पद पर आसीन हो गई थी मैं। तुम तो पहले ही से सेटल थे। मन की तुष्टि के लिए ही लेखन का शौक पाला था मैंने और शायद तुमने भी। शौक कहना उचित नहीं होगा, मजबूरी भी कहा जा सकता है। सामाजिक उथल-पुथल या विसंगतियों की वजह दिलो-दिमाग में होती उद्विग्नता को व्यक्त करने की मजबूरी और शौक इसलिए कि यह मेरे जीवन-यापन का जरिया नहीं था।

"तुम्हारा बच्चा तो बड़ा हो गया होगा?"

अचानक पूछा गया तुम्हारा यह प्रश्न चौंका गया मुझे। यह बच्चा या गृहस्थी वगैरह हमारे गुफ्तगू का हिस्सा तो कभी नहीं रहे। अपनी निजी जिन्दगी को बेशकीमती जवाहरात की तरह अपने मन के गह्वर में छुपाकर रख रखा था मैंने। उनका प्रदर्शन किसी महफिल या मजलिस में करना गवारा कभी नहीं रहा। जिस तरह खुद के निज का बखान पसन्द नहीं था, उसी तरह दूसरों के निज में ताक-झाँक करना भी सख्त नापसन्द था मुझे और इसे भली-भाँति जानते थे तुम लेकिन जब तुमने जिक्र छेड़ ही दिया तो कुछ तो कहना ही था—

"हाँ, छह साल का हो गया है। सेकेंड स्टैंडर्ड में गया है इस साल।"

अभी बातों का रुख मोड़ना थोड़ा सुखद भी लगा पर जल्द ही उदासी नहला गई। कहीं तुम चूक तो नहीं गए हो उन एहसासों से जो हमारी गुफ्तगू

के विषय रहे हैं। हमारी मुलाकातों में इस औपचारिकता के लिए कभी कोई गुंजाइश कहाँ रही। हम कभी इतना गाफिल कहाँ हुए जो दुनिया को भूल जाएँ या कभी इतना बेदार भी कहाँ रहे कि खुद को स्मरण रख सकें। हमारी मुलाकातें लेखन के लिए भरपूर सामग्री लेकर आती रही थीं—गमे जाना से लेकर गमे दुनिया तक की। किन्तु अभी दोनों ही पहलू मुखर लगीं। मेरे जवाब पर तुम्हारी आँखों में उम्मीद की लहक-सी कौंधी...शायद मैं भी तुम्हारे परिवार के सम्बन्ध में कुछ पूछूँगी पर मेरी बेजारी ने उस लहक को निराशा की धुंध से ढक दिया। अचानक अनुभव हुआ, हमारे इर्द-गिर्द सन्नाटा पसर रहा है। नजरें उठाकर देखा...आस-पास की दुकानों के शटर गिर चुके थे। सड़कों पर वाहनों का आना-जाना भी कम हो गया था। चाय की दुकान पर इक्के-दुक्के लोग ही खड़े थे। दुकानदार भी बाहरी सामानों को सहेज, समेट रहा था।

"अब मुझे चलना चाहिए।" शॉल सँभालती हुई मैं बोली और उठने लगी। तत्परता से तुमने मेरी कलाई पकड़ ली। कलाई पर तुम्हारा दबाव बढ़ गया है। विचित्र अधीर-सा दबाव जैसे माँ के कहीं बाहर जाते समय नन्हे बच्चे का उसकी उँगली पर होता है। यह कसाव आज से पहले तुम्हारे स्पर्श में कभी महसूस नहीं हुआ था मुझे। तुम्हारी स्निग्ध छुअन जो सदा मेरे संग रही, मेरे हर क्षणों में उपस्थित पर मेरी गृहस्थी में अबाधक। हमेशा बल देती और अपनी यादों को मजबूती से कायम रखती लेकिन अभी तुम्हारे हाथों का यह अधीर दबाव...? मेरी कलाई दुखने लगी है।

"कलाई दर्द कर रही है दिव्यांश...।" आहिस्ता से तुम्हारी मुट्ठी से कलाई छुड़ाते हुए कहती हूँ।

अजीब-सी निगाहों से देखते हो तुम मेरी तरफ...

"बस, इतने से दर्द से ही विचलित हो गईं, मेरी तकलीफ का अन्दाजा भी हुआ कभी तुम्हें?"

तुम्हारे होंठों से फूटते ये अस्फुट शब्द बहुत अजनबी लगते हैं मुझे...इतने अजनबी कि लाख दिमाग पर जोर डालने के बावजूद उनमें परिचितता का अंश मात्र भी नहीं ढूँढ़ पाती मैं और इन शब्दों का अब न कोई मानी रह गया है न

महत्त्व ही...। ये उस वक्त मुखर नहीं हुए जब इनका महत्त्व था...। कलाई की पीड़ा हृदय तक पहुँच गई है। कराह-सी फूटी है मन से...मुख से नहीं।

अचानक धुंध का गाढ़ा-सा झोंका आता है और ढक जाता है हमारे चेहरे को।

"मैं चाहता हूँ तुम रुक जाओ। समझ रही हो न तुम मेरी बात?"

अब तुम्हारी अपेक्षा शब्दों में घुल आई है। मेरा दिल दुख जाता है। कभी कहा था तुमने ही—"मित्रता का मतलब देह नहीं होती, देह तो कहीं भी सहज उपलब्ध हो.जाती है लेकिन मन को जो चाहिए वह मीत दुर्लभ होता है वसुधा! खुशनसीब हूँ मैं तुम्हारे जैसा मित्र पाकर।"

लेकिन अभी यह क्या है? मित्रता, चाहत, या डिमांड? इसकी गुंजाइश ही कहाँ है अब हमारे दरमियान...। वह तो मित्रता का भाव ही है जो निशंक बैठी हूँ यहाँ...इस वक्त तुम्हारे पास...। वह भाव ही सब कुछ है। तुम्हारी यह इच्छा, आग्रह तो अन्त होगा पहले वाले रिश्ते का जो बहुत ही प्यारा, स्निग्ध और अमूल्य है मेरे लिए। अगर उस रिश्ते को बरकरार रखना है तो फौरन मुझे जाना होगा यहाँ से...।

"मेरा जाना बहुत जरूरी है दिव्यांश।" कहती मैं उठ खड़ी होती हूँ।

"प्लीज, रुक नहीं सकतीं मेरी खातिर...?"

"नहीं...देर हो रही है...।"

कहकर झटकती हुई मैं सड़क पर आ जाती हूँ।

धुंध फैल गई है चारों ओर...

सरग-नरक

शहर की उस इमारत से अचानक गाँव लौटना उसके लिए वैसा ही था जैसे स्वर्ग से रौरव नरक में लौटना। जैसे उल्का का आसमान से टूटकर गिरना और धरती का भी नहीं रहना। जैसे समय के सलीकापूर्ण डगर पर सन्तुलित चलते जीवन का लड़खड़ाकर असन्तुलित हो जाना...। याद कर हवा के झोंके से काँपते सूखे पत्ते-सा काँप उठा उसका मन। फिर वही अभावों में लिसड़ता जीवन। वही धूल भरे ऊबड़-खाबड़ रास्ते। वही टूटा-ढहा आर डड़ेर। वही दम घोंटती फूस की गुफानुमा झोंपड़ियाँ। इधर-उधर चरते-डोलते मलमूत्र त्यागते ढोर-डंगर। गाँव को घेरे में लेकर बहती सरेही नदी। टोले को घेरे में लेकर बहता साँसों में कभी न खत्म होने वाला दुर्गंध भरता कीड़ों से बजबजाता नाला और कंचे, गिल्ली-डंडे खेलते, शोर मचाते नंग-धड़ंग बच्चे...। ताज्जुब हुआ उसे आज से पहले तो ऐसी तसवीर कभी नहीं उभरी उसके मानस में अपने गाँव की, अपने टोले की।

उसने साथी लड़कियों की ओर देखा...आठ महीने पहले गाँव से जाते समय दहाड़ें मारकर रोने, चीखने, चिल्लाने और बिसूरने वाली अभी सभी उदास और मौन थीं मानो गऊ-वध लगा हो उन्हें। कल तक तो संस्था में ऐसे चहक-फुदक रही थीं जैसे मैना की झुंड हो। कि गाँव लौटकर सभी को यह बताएँगी...वह बताएँगी...। ऐसा बढ़िया खाना मिलता था। ऐसा नर्म गुदगुदा बिछावन था। ऐसा स्वर्ग जैसा हवादार कमरा था परन्तु अभी कोई किसी से न बोल-बतिया रही थीं, न हँस-खिलखिला रही थीं। गाँव से जाते और आते

समय में मात्र इतना ही अन्तर दिख रहा था जैसे कारखाने से नोक पलक दुरुस्त करवाकर निकली गुड़ियाएँ हों।

उसका मन और खिन्न हो उठा अपनी नियति और लोगों की कर्तव्य-परायणता पर। क्यों करता है कोई मात्र कर्तव्य पूर्ति के लिए किसी के सपनों से खिलवाड़? क्यों उसकी शून्य आँखों में इन्द्रधनुषी ख्वाब उगाकर पुनः विवश करता है लौटने को उसी खोह में जहाँ अँधेरा ही अँधेरा है चारों ओर। क्या गरीबी खिलवाड़ करने के लिए ही होती है कि जब जो चाहे उसे कहीं से उठाकर कहीं बैठा दे और फिर वह स्थान भी छीन ले...तथा उसे पहले वाला स्थान भी न मिले? यह त्रिशंकु वाली स्थिति में जीना कितना त्रासद होगा। क्षणिक रोशनी का संसार दिखाकर पुनः अँधेरे में धकेल देने वाले के लिए बद्दुआ ही न निकलेगी मुँह से। ऐसा मार्ग दिखाने से क्या फायदा जिसका सिरा किसी मंजिल तक न जाता हो, न स्थिति स्पष्ट हो और न सम्भव हो उसका पूर्व स्थिति में सहजता से जीना। मौन सहयात्रियों संग बोझिल सफर तय करती रमिया के मस्तिष्क में जैसे सोचों का बवंडर बरपा था और पूरे रास्ते का मौन मन में उमगता हिंडोर घर पहुँचते ही भरे गुब्बारे की तरह फूट पड़ा। बुक्का फाड़कर रो पड़ी वह। ऐसे अछुधाह होकर तो वह तब भी नहीं रोई थी जब उसकी मैया मरी थी।

जब से वह घर आई थी क्षणमात्र को भी उसकी आँखों के आगे से उस इमारत की स्थिति ओझल नहीं हो रही थी। वह अलौकिक दुनिया जहाँ की राजकुमारियाँ थीं वे। सोचों से परे का वह सुख। कल्पना से परे का वह संसाधन। अच्छा खाना, पहनना। गमकौआ साबुन से नहाना। समझ का दरवाजा खोलती किताबें। किस शापवश लौटना पड़ा उसे पुनः उसी रौरव नरक में? उन्हीं अभावों में? वही पुआल और नेरुआ काटना...। गोबर-करसी चुनना...। उपले पाथना...। खेत तथा रास्ते पर धान की गिरी हुई बालियों पर गिद्धों की तरह झपटना। उपले के धुएँ में भी खून चूसते मोटे-मोटे मच्छरों की फौज... काँप उठा उसका बदन झुरझुरी लेकर।

सब कुछ उसी टोले की तरह रहता तो जिन्दगी आसानी से कट जाती।

रेगिस्तान में बसर करने वालों के लिए क्या दरिया और क्या समन्दर...पर उस दिन दरिया खुद मुड़ आया था रेगिस्तान की ओर यह जतलाता हुआ कि मात्र ऊसर ही नहीं है इस दुनिया में। सुबह-सुबह ही बाबू खुशखबरी लाया था...

"शहर की एक संस्था से कुछ औरतें आई हैं। वे गाँव की गरीब लड़कियों को चुनकर ले जाएँगी। वहाँ सभी के रहने, खाने, पहनने और पढ़ाई का इन्तजाम उनकी संस्था की ओर से होगा। चल रमिया, जल्दी से तैयार हो जा, तुझे भी स्कूल में चलना है।"

सुनकर खुश होने के बजाय भय से काँप उठी थी वह। ऐसे कहीं मुफ्त में कोई किसी को खाना, कपड़ा देता है भला? यहाँ तो पाव भर अनाज के बदले मालकिनें सेर-सेर-भर की गालियाँ देती हैं। उसने अपनी शंका रधिया से बतलाई। सहमी सी रधिया भी यही सब सोच रही थी। उसका बाबू भी उसे तैयार रहने के लिए कह गया था।

"रमिया, हमें नहीं जाना है शहर, चल कहीं छुप जाते हैं।" रुआँसी होती रधिया बोली।

"कहाँ...? बाबू तो तुरन्त आने को बोला है। पकड़े गए तो जानती है न कितना मारेगा वह मुझे?"

"तो क्या किया जाए, तू ही कोई जुगत लगा न।" भय से रधिया का गला भर आया और आँखें बरस पड़ीं टप...टप...।

वह क्या कहती। चुपचाप लौट आई वहाँ से। क्या करे...क्या न करे। जो भी रूखा-सूखा मिल रहा है, गाँव में खा-पी ही रही है, तो क्यों जाए शहर? वहाँ न कोई घर वाला होगा, न ही अपना-पराया। नहीं जाएगी...कभी नहीं जाएगी वह शहर। उसने निश्चय ही नहीं किया बल्कि कह भी बैठी। उसके मुँह से इनकार के शब्द आधे-अधूरे ही निकले थे कि दोहत्थड़ मारते हुए बाबू चीखा था..."करमजली, शहर नहीं जाएगी। दिन-भर यहाँ-वहाँ बउआने में मन लगता है। वहाँ बैठकर खाना मिलेगा तो जाना नहीं चाहती। जा जल्दी से तैयार हो जा नहीं तो मार-मार कर हड्डी-गोड़ी तोड़ दूँगा।"

बाबू की मार याद कर उसकी रूह काँप उठी पर रो भी तो नहीं सकती थी। बाबू यमदूत की तरह ओसारे में खड़ा था ले जाने के लिए।

गाँव के स्कूल में अफरा-तफरी सी मची थी। जमावड़ा लगा था उसकी उम्र की लड़कियों का। धुले हुए कपड़ों में नहाई-धोई-निखरी...तेल से चुपड़े केशों की चोटी-पाटी की हुई, सहमी-सकुचाई नजरें नीची किये खड़ी जैसे वध-स्थल की ओर ले जाए जा रहे खस्सी पठरू का गोल हो। उसी गोल में एक वह भी थी कभी का मामा का दिया हुआ फ्रॉक-पैंट पहने। मुसरे हुए लाल रिबन से कसकर बँधी चोटी। सुखिया काकी ने तैयार किया था उसे और समझाते हुए बोली थी..."इहाँ बाप के मार खाये से त अच्छा हउ कि सहर चल जो। जेतना दिन ई कसाई बाप से दूर रहबे मार-कुटाई से त बचबे।"

सारी लड़कियों को कतार में खड़ा किया गया। उसका जी चाह रहा था अभी भी भाग खड़ी हो कहीं या घुस जाए किसी बिल-दरार में जो दिखाई न दे बाबू को पर वह था कि आँखें तरेरे मानो कह रहा हो...बदमाशी की तो चमड़ी उधेड़ दूँगा। बाबू की आँखों की बोली वह खूब समझती थी। सहमी सी खड़ी रह गई। क्या करती। एक ओर बाघ बना खड़ा था बाबू, दूसरी ओर हाँका डालने आई यह संस्था की औरतें...। खूब साफ-सुथरे कपड़े पहने... खूब सुन्दर-सुन्दर, पटर-पटर बोलतीं लेकिन अभी वे सब उसे बहुत बदसूरत लगीं। गाँव छुड़ाने वाली डायनें...।

चुनी हुई लड़कियों में उसका नाम भी पुकारा गया। अपना नाम सुनते ही उसे लगा जैसे किसी ने आरी से चीर दिया उसका कलेजा। बिलबिला उठी वह दर्द और भय की अधिकता से और पहने हुए कपड़ों में ही चढ़ा दिया गया था शहर जाने वाली गाड़ी में।

गाड़ी खुलते ही कितनी लड़कियाँ पूका फाड़कर रो पड़ीं जैसे कोई सगा-सम्बन्धी मर गया हो उनका। कोई नाक सुड़क रही थी। कोई मुँह पर हाथ रखे रुलाई दबाने का प्रयास कर रही थी। वह भी रुलाई दबाने की कोशिश में विफल हो बिलख पड़ी पर संस्था की औरतों पर इस सबका कोई असर

नहीं हुआ। इस सबसे बेपरवाह वे अपनी बातचीत में वैसे ही मगन रहीं जैसे यह सब मामूली बातें हों।

गाड़ी बड़े से गेट के अन्दर बनी एक दुमंजिला मकान के पास आकर रुक गई। साथ ही एक दीदी की आवाज आई..."सभी लोग उतर जाओ। यह एनजीओ का मकान है, यहीं रहना है तुम्हें।"

गाड़ी से उतरकर सब एक ओर डरी-सहमी खड़ी हो गईं।

"अब चलो तुम लोग अन्दर, यहाँ क्यों खड़ी हो?"

अन्दर पंक्ति में बने बड़े-बड़े कमरे। बड़ी-बड़ी खिड़कियाँ...दरवाजे।

एक लम्बी साँवली-सी दीदी कपड़े और साबुन लेकर आईं। सभी को कपड़े और साबुन देकर बोलीं..."जाओ तुम लोग, स्नानघर में बारी-बारी से स्नान कर लो और अपने कपड़ों को धोकर छत पर सूखने के लिए डाल देना।"

सभी भकुआई सी खड़ी रहीं नजरें नीची किये। जमीन को पाँव के नाखूनों से कुरेदती। दीदी ने किसी को आवाज दी..."रामकली, इन लोगों को स्नानघर दिखा दो और छत पर जाने की सीढ़ियाँ भी।"

एक सीध में बना स्नानघर...बस टेप खोलो और हह...हह...पानी गिरने लगा। कहाँ नदी का वह गँदला पानी, खुले में नहाना और कहाँ यह बिना मेहनत का निकलता साफ पानी उस पर बन्द कमरा। खूब जी भरकर नहाई वह। उसके बाद खाना क्या था गाँव में भागवत कथा में सुना हुआ जैसे छप्पन भोग। चावल, दाल, परवल-आलू की तरकारी, उसके बाद मिठाई। आह मन अघा गया उसका। रात के खाने के बाद एक गिलास दूध। गुदगुदा बिस्तर, साफ-सुथरी चादर। बड़ी-बड़ी खिड़की से आती बेरोक-टोक हवा... ऊपर चलता बिजली का पंखा और जालीदार मसहरी। क्या मजाल जो एक भी मच्छर अन्दर आ जाए।

भागवत कथा में सुना हुआ सरग का सुख। तिरोहित हो गई थी एक ही रात में गाँव में जी हुई वर्षों की याद। बाबू और टोले वालियाँ भी। रोटी-रोटी को तरसती वह दुनिया भी एक दुःस्वप्न की तरह लगी।

सुबह में बड़ी दीदी बोली थीं..."खूब मन लगाकर पढ़ना तुम लोग, आठ महीने में पाँचवीं क्लास तक की पढ़ाई पूरी करनी है।"

फिर शुरू हुई थी दिन उगने के साथ ही एक नई जीवन यात्रा...खूब सबेरे उठना...योग, प्रार्थना करना। खाना-पीना, पढ़ना-लिखना। इस आपा-धापी के बीच पहली बार जाना उसने कि अभी तक जो जीया था वह अभाव था। गरीबी थी। यह दुनिया वैसी बिलकुल नहीं है जैसा उसने देखा और भोगा था। धीरे-धीरे उसकी समझ में आया उसके गाँव के आधा गाँव, उत्तरटोली का सच। पक्की ईंटों वाले बड़े-बड़े मकान, दालान व बड़े-बड़े आँगनों वाले नौगोल और धानों से भरी बखारी से घिरे हुए। उसमें रहने वाले गुदगुदे देह और फूले हुए लाल-लाल गालों वाले बच्चे जिन्हें बाबूसाहब कहकर पुकारा जाता और बैठे-ठाले मालकिनों के दुखते-पिराते पाँवों का राज भी। तथा आधे गाँव, दक्खिन टोली झोंपड़ियों वाली, जहाँ उत्तर से बहकर आते नाले हठी बच्चे की तरह आगे जाने से इनकार कर जमे रहते सालों भर झोंपड़ियों से गलबहियाँ डाले। कीड़े बजबजाते रहते उनमें। नाक फट जाती दुर्गंध से। कभी-कभी उसे लगता जैसे खेभाड़ में जी रही है वह सुअर की तरह।

दिनचर्या जैसे हवा के पंख पर सवार सरपट भागने लगी थी। कुछ ही महीनों में अक्षरों के जरिये उसकी समझ ने वर्षों का सफर तय कर लिया था। मन के स्तर पर अचानक बहुत कुछ बदल गया था। शब्द ही ब्रह्म है उसी से जाना ब्रह्मांड को और यह भी कि उत्तरटोली और दक्षिणटोली तक ही सीमित नहीं है यह दुनिया। स्वर्ग व नरक का मानी भी खुलने लगा था उसके सामने। तन के स्तर पर भी बदलाव आने लगा था। भरा-भरा बदन, चिकने गाल, बालों में भी चमक ही नहीं आने लगी थी बल्कि उन्हें सँवारना भी आ गया था। आईने के सामने अब खुद को पहचानने में भी समय लगता। ताज्जुब होता उसे कि कैसे सुख मन और तन दोनों पर समान रूप से अपनी छाप छोड़ता है। पढ़ने-लिखने में भी खूब मन लगता उसका। दीदी लोग कहतीं...सबसे तेज है रमिआ, जल्दी ही सीख जाती है सब कुछ। मौका मिले तो बहुत "कुछ कर सकती है यह लड़की।" बड़ी दीदी तो हमेशा उसे ही पुकारतीं— चाहे साड़ी,

चादर में बँधेज बँधवाना या रँगवाना होता जिसे हस्तशिल्प कहा जाता। कढ़ाई, बुनाई, सिलाई, बाप रे इतने प्रकार हैं जीवन में? खूब मन लगाकर वह काम सीखने का प्रयास करती सभी कुछ। आश्चर्य होता उसे, कितनी सुन्दर है यह दुनिया...और यह जीवन भी। उल्लास छा जाता उसके मन पर।

अचानक एक दिन बड़ी दीदी बोलीं..."तुम लोगों के जाने का समय आ गया है। अब यहाँ नया बैच आएगा। अपने कपड़े-वगैरह सँभाल लो।" झनाक...झनाक...झनाक...वज्र ही तो गिरा था और दहका गया था उसके सपनों के संसार को। कौंध गया था गाँव उसकी नजरों के आगे अनेक तमामतर अभावों के साथ। बाबू की बेरहम पिटाई और रोटी-रोटी के लिए उलाहना... तथा बात-बात में मरी हुई माँ की गाली देना भी याद आ गया था उसे। कहना चाहा...यहीं रख लीजिए दीदी मुझे। झाड़ू-बुहारू करूँगी पर गाँव नहीं जाऊँगी। पर जुबान निगोड़ी तालू से ऐसे चिपक गई थी जैसे माँ की छाती से चिपका कोई मरियल बच्चा।

गाँव के उस टोले की कहानी एक रामकठोला ही थी...मुँहअँधेरे उठना, सरेह में जाना, सरेही नदी में हाथ-मुँह साफ करना। पूरे टोले में एक ही चाँपाकल था सभी की जरूरतें पूरी करने में नाकाफी। फिर रोटी सेंकना या भात-दाल बनाना, सत्तू खाना और कटाई, बुआई, हलवाही या बहलवानी के लिए निकल पड़ना। अगहन, पूस माह में धान कटने और बोझा बाँधे जाने तक नीचे गिरी बालियों को चुनने के लिए खेत के या औरतें, बाल-बुतरू खेत के आर-डड़ेर पर ऐसे ताक लगाए रहते कि क्या कोई बगुला मछली के लिए पोखर में ध्यान लगाता है। ऐसे समय में विशनपुर वाली काकी खूब खुश होती। गर्व से कहती..."गरीब के घर जेतना जादा बाल-बुतरू हो ओतना ही जादा अनाज आता है घर में। देखती नहीं परसुरामपुर वाली, केतना अनाज, जलावन, मछली, केकड़ा ले आते हैं मेरे बच्चे।" सुनकर दो बच्चों वाली माई उदास हो जाया करती। दो में से एक सदा बीमार रहने वाला भाई रघुवीरा खासकर रबी राई के महीने में तो और भी तबीयत खराब हो जाती उसकी। तब माई चैत के महीने को खूब कोसती..."मूआ दोरस महीना बीमारी लेकर

आता है। बेकहल मरद और बेमार बेटा। ई सब हमरे कपार का लेख हए।" कहकर रो पड़ती जार-जार...

जब से वह गाँव आई है रोज नया-नया विचार उमगता है मन में। लगता अब वह पहले वाली रमिया नहीं है। बहुत कुछ बदल गया है उसके अन्दर। ढेर सारी इच्छाएँ जाग गई हैं जो उसे चैन नहीं लेने दे रहीं। सोचती है क्या करे वह? स्कूल जाने का बहुत मन करता है आगे की पढ़ाई करना चाहती है पर बाबू के डर से शब्द मुँह से नहीं निकलते। टोले के बच्चों को पढ़ाना चाहती है। एक दिन जी कड़ा करके उसने सोनपुरवाली काकी से कहा था कि वह टोले के बच्चों को पढ़ाना चाहती है। गद्गद हो बोली थीं..."एतना निमन काम आउर तू पूछ रही है। कल के बदले आज से ही शुरू कर दे पढ़ावे के उन ढोर-डंगरों को। दिन भर बउआत रहत हएँ, तनिक आदमी त बन जइएँ।"

काकी की बातों से उसे बल मिला था पर उसके उत्साह पर पानी डालते हुए टोले की कुछ औरतों ने हिकारत से फब्ती कसी..."पढ़-लिख के का करी उ सब, दू गो खर-पतवार चुन के ले आवत हए उ भी न लाई। सब जइसन हए काहे मगजमारी कर रही हए तू।"

रुआँसी हो उठी वह। सच में क्या कर रही है वह या क्या होगा इतना सा पढ़कर उसका। ना पढ़े-लिखों की तरह जी रही, न ही पहले की तरह ही जी पा रही। ऊपर से बात-बेबात दू अक्षर पढ़ने का ताना सुनना पड़ रहा है सभी से। उसे लगता विषमता ही ताना या व्यंग्य का कारण होती है। जहाँ सभी पढ़े-लिखे होंगे वहाँ इस शब्द की कहाँ गुंजाइश होगी। ऐसा भी नहीं था कि वह कोई भी काम करने में कोताही बरत रही थी। हाँ, एक नई इच्छा पढ़ने की हमेशा उसे व्याकुल किये रहती।

दोपहर में बाबू हरवाही से लौटा। धूप से झुलसे चेहरे पर तर-तर चूता पसीना। पूरी देह पसीने से लथपथ। माया से भर उठी वह। जल्दी से चाँपाकल से ठंडा पानी ले आई। थाली में रोटी और बैगन की तरकारी लाकर उसके सामने रखकर एक ओर खड़ी हो गई। माई कहती थी..."मरद-मानुस को भूख के बखत कुछ नहीं कहते, बस उसका पेट भर जाए फिर त उ गउ हो जात

हए गउ।" वह भी चुप रही। बाबू रोटी खा लेगा तब उससे कहेगी, गाँव के स्कूल में उसका नाम लिखवा दे। बहुत मन करता है पढ़ने को। आज जरूर कहेगी। बस बाबू खा-पीकर गऊ हो जाए।

"रमिआ...ऐ रमिआ।" बाबू की पुकार पर वह सजग हुई।

"हँ बाबू।"

"साम के बखत भैरों मालिक के नौगोल पर चल जइयो बनिहारी लावे। सुन रही हए न तू?"

रमिआ चुप।

"अरे काहे चुप हए, बनिहारी लावे जायका हए।"

"पर बाबू, हम उहाँ ना जायब बनिहारी लावे, तुम ही चल जइहो।" जाने कैसे निकल गई उसके मुँह से मन की बात बेधड़क। उसका इनकार मानो नुकीला पत्थर...नाग की भाँति फुफकार उठा बाबू—

"का बोली...ना जइबे बनिहारी लावे, जबान लड़ा रही हए...तोर एतना हिम्मत? दु आखर का पढ़ लिया लाट साहेब गइले।" कह उसने थाली आँगन में फेंकी, भरा लोटा झोंपड़ी की दीवार पर दे मारा और पिल पड़ा उस पर। दे लपड़...थपड़...। हाथ, मुँह, देह...एक जगह भी तो नहीं छोड़ा, कूटने से जल्लाद ने। मार-कूट कर गुस्साए साँड़ की तरह नथुने फुलाता चला गया बाहर।

धरती पर गिरी चोट से फोड़ा बने शरीर को सहलाती-सुबकती रही वह। आज माई जिन्दा होती तो ओढ़ लेती उसका शीत-ताप अपने ऊपर। इस बाप को तो ताड़ी-दारू चाहिए और घर आने के बाद सीझा-पक्का खाना भी। खाना बनाने के लिए कितना कुछ जुगाड़ करना पड़ता है इससे उसे कोई मतलब नहीं। आलसी मानुस कभी किसी का खेत जोत आया या हरवाही कर आया और बनिहारी लाने उसी को भेजेगा मालिकों के यहाँ। उसे पता नहीं बड़ी-बड़ी हवेलियों में बनिहारी बाद में मिलती है, मालकिनों की गालियाँ पहले उछलकर फोड़ जाती हैं कपार—"कमीनों को एक दिन भी बनिहारी बिना बरदाश्त नहीं होता। कमबख्त यमदूत की तरह आ खड़े होते हैं सर पर।" फिर दो-चार बेगारी, बच्चों के कपड़े-पोतड़े धोना। मालकिनों की टाँगें दबाना...जो जाने बैठे-ठाले

पिराती ही रहती हैं। तब जाकर कहीं बनिहारी में धान या कोई अनाज मिलता, वह भी पत्थर की पसेरी से तौलकर पर बाबू को इस सबसे क्या गरज, वह तो इस जिल्लत से साफ बच निकलता।

उसे लगा माई भी यही सब झेलती रही होगी उन दरवाजों पर तभी तो बनिहारी लेकर अक्सर देर से लौटती थी और आते ही झल्लाकर गालियाँ बकने लगती बाबू को, उसे और अपने करम के साथ टोले के पश्चिम पीपल के नीचे पिंडी रूप में मौजूद ब्रह्म बाबा को भी कि कैसा कलम से लिख दिये उसके कपार का लेख जो ऐसा निठल्ला मरद मिला। गाली सुनकर इसी तरह मारता था बाबू माई को भी और कहता..."मार से त भूत भागता हए, तू का जीव हए...।"

सच में वे क्या जीव थीं, सूखी-निचुड़ी देह, कोटर में धँसी आँखें, पेट में चिपकी पीठ वाली माई और रहेठा जैसी काया वाली वह। बाबू यह भी कहता..."भाग के जाएगी कहवाँ तू लोग...कौन बाँधेगा! तुझे अपने खूँटे पर, फिर बउआ के इहवें लौट आएगी अनेरा गाय की तरह।"

याद कर नफ़रत हो आई उसे बाबू से। कैसा कसाई बाप है यह। एकदम हत्यारा। कभी दुलारने की कौन कहे सीधे मुँह बात भी नहीं करता। खाने-पीने और बेसुध हो सोने के लिए आता है झोंपड़ी में। दिन-भर क्या बीतती है उस पर। क्या चाहिए उसे कभी नहीं पूछता। कैसा जीवन है यह जहाँ न कोई इच्छा है न शऊर। एक बाप था उस संस्था का चपरासी शंकर। कितना खयाल था उसे अपने बच्चों का। कहता..."पढ़ाई से ही मिटेगी मेरे बच्चों के कपार में लिखी गरीबी। खूब पढ़ाऊँगा मैं इन्हें। आधा पेट खाकर भी।"

एक यह बाप है। क्या इसे पता नहीं, मालकिन लोग कितनी गालियाँ देती हैं कमाई हुई बनिहारी माँगने पर। कितना बेगारी खटना पड़ता है उन घरों में। पहले वह इसे अपने भाग्य का लिखा समझकर सह जाती थी। इतना बुरा नहीं लगता था पर अब वह जान गई है, यह सब अन्याय है उसकी नियति नहीं। डरती है गालियाँ सुनकर उसके मुँह से कुछ उलटा-सीधा निकल गया तो बाबू भी उन्हीं लोगों का पक्ष लेगा। कहेगा..."रहना है इसी गाँव में, कमाना है उन्हीं

लोगों के खेतों में। माई कहा करती थी...बलिआ के आगे उहे सीना तानता हए जेकरा पाछे धन का बल होअत हए। गरीब-गुरबा के का मान आउर का कुमान? भूख से लड़ने में ही बीत जात हए सगरो जिनगी।"

ई कसाई बाप ने तो जीना मुहाल कर रखा है उसका। पहले सिर्फ काम के लिए मारता था। अब पढ़ाई का ताना देकर खून सुखाता है। जा नहीं रही थी शहर तो मार-मार कर भेजा था। अब उसे ही हथियार बनाकर घायल कर रहा है उसे। सोचकर उसका रोना और बढ़ गया।

"का हुआ रमिआ...क्यों इतना अछुधाह होकर रो रही है?" उसके करीब बैठती सुरती ने पूछा।

"बाबू ने मारा है।"

"क्यों?"

"बनिहारी लाने नहीं गई इसलिए। कहता है, दू आखर पढ़कर लाट साहब बन गई हैं।" सिसकते हुए वह बोली तो सुरती भी सिसक पड़ी...

"जब से संस्था से लौटी हूँ मेरा बाबू भी बात-बेबात मारता रहता है। किसी काम में तनिक देरी हुई नहीं कि गालियाँ बकने लगता है। खुद तो दिन भर गोह की तरह दारू पीकर पड़ा रहता है किसी पेड़ के नीचे। रमिआ दीदी, का ऐसा कौनो स्कूल नहीं है जहाँ पढ़कर हमारी माई-बाबू भी समझदार बन सकें?"

सुरती की बात पर चौंककर वह उठ बैठी। यह तो बिलकुल उसके ही मन की बात बोल रही है। शहर से लौटने के बाद उसके मन में भी यही विचार आ रहा है। सोचती है, बाबू भी पढ़ा-लिखा होता तो उसके साथ यह जानवरों जैसा व्यवहार नहीं करता। वह भी उस संस्था के चपरासी शंकर की तरह उसके भले की सोचता। पर उसके सोचने से क्या होगा। सिसक पड़ी वह अपनी विवशता पर। कैसा जीवन है यह...जानवरों जैसा...मात्र खाना-पीना, मार-गाली सुनना...।

इधर-उधर की बातें कर...उसे समझा-बुझाकर सुरती चली गई। वह वहीं पर बैठी रही और पीड़ा से पिराती देह उसे जानवर होने का एहसास कराती रही।

"रमिआ...ऐ रमिआ...! आँगन में चटाई बिछा दे।" बाबू की आवाज

पर हड़बड़ाकर वह उठी। इस वक्त बाबू कभी घर नहीं आता, आज क्या बात है? अभी वह कुछ समझती कि मंसुखा आँगन में आ गया। पैसा लेकर विवाह कराने वाला दलाल। चौंक पड़ी वह, यह बाबू के साथ यहाँ क्यों आया है। क्या मुसीबत खड़ी करेगा यह मनहूस।

चटाई बिछाकर वह झोंपड़ी में आई और किवाड़ के पीछे खड़ी हो गई। सुने तो सही यह मंसुखा क्यों लगा है बाबू के पीछे।

"चाय-पानी पिएगा मंसुखा?" बाबू ने पूछा।

"ना काका, अब मिठाई खाना है आप से।" मंसुखा प्रफुल्लित स्वर में बोला।

"वो भला किस खुसी में?" बाबू ने पूछा। उसके कान खड़े हो गए।

"बगल के गाँव में एक लड़का है काका। आछा खाता-पीता घर है, दो पक्की कोठरी हैं खपड़दार। चार कठा खेत है, दरवाजे पर दुधारू एक भैंस है, और का चाहिए। तू रमिआ के बिआह के लिए हाँ कर द। बाकी हम सब बात तय करके आए हैं।" बिना भूमिका के वह सीधे अपना मतलब बकने लगा। उसके मुँह से मोटी सी गाली निकली..."हरामखोर, कितना घटिया इनसान है यह। लड़कियों की उम्र ताड़ता फिरता है। कब ब्याह लायक हुई जैसे सद्य: जन्मे बच्चे का घर ताड़ लेते हैं हिजड़े, पवरिया...।"

"एक बात हमरी समझ नहीं आ रही। एतना अच्छा घर-वर वाला हमरे इहाँ रिश्ता काहे करेगा मंसुखा, का लड़का में कौनो खोट-वोट है या अकेला अनाथ हए?"

"अरे काहे का खोट या अकेला काका। हट्टा-कट्टा मानुस हए आउर भरा-पूरा परिवार हए उसका। माँ, बाप, भाई, बहन और तीन छोटे-छोटे बच्चे हैं। बीबी हाल ही में बीमारी से मरी है उसकी। वैसे कुछ ज्यादा उम्र नहीं है उसकी। हमने सोचा बिना माँ की बच्ची हए रमिआ, राज करेगी उहाँ बिआह के बाद। आप भी बेफिक्र हो जाइएगा। जल्दी से हाँ कर दीजिए।"

बाबू चुप था पर उसके दिल में आया लोढ़ा उठाकर दे मारे मंसुखा के कपार पर। बड़ी फिक्र हो रही है, उसे आज उसकी...बिन माँ की बच्ची है...हूँ...

"का सोच रहे हएँ काका, जादा सोच-विचार में फँसिएगा त जरूरत का मारा कोई और ले उड़ेगा उसे। ऐसे लड़के पड़े नहीं रहते।"

सुलग ही तो उठा उसका तन-बदन उसकी बातों से। "पाठ पढ़ा रहा बाबू को, ऐसे लड़के पड़े नहीं रहते। तीन बच्चों का बाप लड़का होता है, हरामी?" उसके मुँह से भद्दी सी गाली निकल गई। पर डर भी गई वह। बाबू तो मान ही जाएगा। उसके लिए तो अच्छा ही है मुफ्त में बला टलेगी। कोई माँग-वाँग भी नहीं है जैसा कि मंसुखा कह रहा। इस कसाई बाप से और क्या उम्मीद कर सकती है। कल का कौन कहे वह तो आज ही करने पर राजी हो जाएगा।

उसे दु:स्वप्न ने आ घेरा। पक्की कोठरी में वह बैठी है तीन-तीन बच्चों से घिरी। चीख-चीख कर वे उसका बाल नोच रहे हैं। रोटी माँग रहे हैं। चूल्हा ठंडा पड़ा है। अचानक बच्चों का बाप शराब में धुत्त आता है और जोर से उसकी कमर पर लात जमाता चीखता है...'हरामजादी, बच्चे भूख से बिलबिला रहे हैं और तू बैठी है। रोटी कौन बनाएगा' तेरा बाप?

लात जोरदार थी। दर्द से बिलबिला उठी वह। हाथ स्वत: कमर पर चले गए और भक से खुल गई उसकी चेतना। अकबकाकर उसने चारों ओर देखा... अरे यह तो अपनी ही झोंपड़ी है। बाहर से बाबू और मंसुखा की बातचीत करने की आवाज आ रही थी।

"काका, मैं फिर कल आऊँगा। खूब अच्छे से सोच-विचार कर रखिएगा।"

मंसुखा के साथ बाबू भी बाहर निकल गया।

अब वह नहीं रहेगी यहाँ। किसी कीमत पर नहीं रहेगी इस बाप के पास। इस पर कोई दया-माया नहीं करेगी। एक बाघ के मुँह से निकलकर दूसरे के मुँह में फँसना...नहीं...कभी नहीं। वह चली जाएगी संस्था में...बड़ी दीदी के पाँव पकड़ लेगी...विनती करेगी...जैसे सरोज दीदी को आपने आश्रय दिया वैसे ही मेरे ऊपर भी रहम करिए। अपनी शरण में रख लीजिए। मैं पढ़ना चाहती हूँ। कुछ करना चाहती हूँ। अपने भाग्य का लेख बदलना चाहती हूँ।

पर वहाँ जाएगी कैसे?

किसी से पूछ लेगी, गाड़ी या बस तो जाती ही होगी वहाँ।

अगर रास्ते में कुछ अघटित घट गया तो?

हुँह...कुछ नहीं होगा।

बाबू को पता चल गया तो, वह वहाँ भी आकर हो-हल्ला मचाएगा। तब दीदी लोग संस्था से निकाल देंगी।

उसे कुछ पता नहीं चलेगा मैं कहाँ गई हूँ। वह कोई खोज-खबर भी नहीं लेगा बल्कि अच्छा ही लगेगा उसे कि कहीं मर-धँस गई होऊँगी।

दो हिस्सों में बँटा उसका दिमाग आगा-पीछा करने लगा। नहीं...वह नहीं रुकेगी यहाँ। चली जाएगी जैसे भाग गया था रघुवीरा इसके जुल्म से तंग आकर और अभी तक नहीं लौटा वह। वह भी नहीं लौटेगी कभी। ताड़ी-दारू पीने वाले का क्या भरोसा...कब किस खंदक में धकेल देगा उसे।

वह सजग हुई। कुछ कपड़ों को पोटली में बाँधा। महीनों से बचाकर रखे कुछ तुड़े-मुड़े नोट...रेजगारी को सहेजा और मन मजबूत किया अपने फैसले पर।

शाम के बदले अहले सुबह ही मंसुखा आ धमका। बाबू अभी हाथ-मुँह धो ही रहा था। शायद पैसे की लालच में वह रात-भर सोया ही नहीं था। वह भी मौके की ताक में ही थी कि कब बाबू घर से बाहर जाए और वह रफूचक्कर हो यहाँ से। यहाँ रही तो यह बाप उसकी जिन्दगी को अपंग बना देगा। मइया की तरह लात-घूँसा खाते, रोते-कलपते नहीं जीना चाहती वह जानवरों की तरह।

"त का सोचे काका? हम फिर कह रहे हएँ अइसा घर-वर ढूँढ़ने से भी नहीं मिलेगा आपको। जल्दी से हाँ कह द...जे उहाँ भी खबर कर दें हम।"

कुछ देर सन्नाटा रहा...लगा बाबू कुछ सोच रहा है। वह भी कान लगाए सुन रही थी अपने भाग्य का फैसला। बाबू इस मौके को भला कहाँ छोड़ने वाला। उस दिन बुधन काका सुखिया काकी से कह नहीं रहे थे..."बिन ब्याहे बेटी मरे, खड़े ऊँख बिकाए, आउर बिन मारे मुदई मरे त तीनों काल टल जाए।" त बाबू का सोच इससे अलग थोड़े ही होगी।

"तू कौनो आउर घर देख मंसुखा, लड़का कुँआर आउर पढ़ल-लिखल भी हो। खर्चा के परवाह मत कर, आधा झोंपड़ी बेच दूँगा। तुझे पता हए न,

हमर रमिआ पढ़ल-लिखल हए। अइसे कइसे बाँध दें उसे किसी दुहाजू के पल्ले?" बाबू बोला।

हक्की-बक्की रह गई वह...ई बाबू बोल रहा है? इतना सोचता है वह उसके लिए? ममता से भर उठा उसका हृदय और आँखें भर आईं। बाबू अनपढ़ है तो क्या हुआ उसे पढ़े-लिखे का एहसास है। उसे ग्लानि हो आई अपनी सोच पर। लगा कितना कठिन होता है किसी को समझना। चाहे वह कितना ही करीब हो। अब वह निर्भीक होकर कहेगी उससे मन की बात कि वह और पढ़ना चाहती है। पढ़-लिख कर बदलना चाहती है अपने कपार का लिखा। मात्र यही एक रास्ता है अपनी इस स्थिति से उबरने का।

वह उठी...चटाई के नीचे से पोटली को निकाला। उसे खोला और कपड़ों को रस्सी पर डाल दिया।

अविश्वास का दंश

बहुत दिनों बाद आज अचानक वह एक रेस्तराँ में दिख गया। कुछ पल लगा उसे पहचानने में और जब यकीन हुआ कि वह जतिन ही है तो खुशी के मारे मेरे मुँह से हल्की-सी चीख निकल गई। लपककर मैं उसकी ओर बढ़ा और उसे अपने आगोश में समेट लिया। देख तो उसने भी लिया था मुझे पर मुझसे ऐसी गर्मजोशी की शायद उसे उम्मीद न थी। कारण था बीच में अनजाने ही आ गई एक गलतफहमी...जिसकी उड़ती-सी भनक मुझे भी लगी थी कि अब मैं बहुत बड़े पद पर हूँ तो मेरे अन्दर अहम आ गया है और उसके जैसे लोगों को तवज्जो क्यों कर दूँगा। यह बात मेरी मित्र-मंडली में किसने इतने जोर-शोर से प्रसारित की थी ज्ञात नहीं पर इसने मेरे मित्रों को हद से ज्यादा बदगुमान अवश्य किया था। और जतिन भी उसी गलतफहमी का शिकार था तभी तो उसने बतलाने वाले पर भरोसा कर लिया था। मेरे व्यवहार को परखने तक की जहमत नहीं उठाई थी और वर्षों की दोस्ती के मुँह पर थप्पड़ जड़कर चुपके से शहर छोड़ गया था। उसके शहर छोड़ने की बात तीसरे दिन एक दोस्त ने बताई थी और छोड़ने का करण भी। उस समय उसकी नादानी और अहमकपने पर बहुत कोफ्त हुई थी मुझे। कोफ्त ही नहीं बल्कि गुस्सा भी आया था कि कितना कमजोर था मेरे प्रति उसका विश्वास...। दोस्ती का तकाजा यह तो नहीं होता और गुस्से के आलम में मैंने भी बरसों उसकी खोज-खबर नहीं ली। लेता भी कैसे उसका पता तो मालूम ही नहीं था और किसी दोस्त से माँगना हेठी होती मेरी।

पर आज औचक उसे सम्मुख देखकर अपने को रोक नहीं सका मैं...। हेठी की ऐसी की तैसी...। मेरा बचपन का दोस्त सामने था। झपटकर मैं बढ़ा और उसे बाँहों में भींच लिया। उसकी बाँहों का कसाव भी बढ़ गया था मेरे शरीर पर। कुछ पल हम एक-दूसरे को बाँहों में समेटे रहे फिर एक टेबुल की ओर बढ़ गए। उसे कुर्सी पर बैठाने के बाद मैं दूसरी कुर्सी पर बैठ गया। वह चुप था पर उसकी आँखें भर आई थीं।

"अविश्वास का इतना ज्यादा जहर कैसे भर गया तेरे मन में मेरे प्रति... जो ऐसा व्यवहार किया तूने?" मैंने पूछा।

देर लगी उसे जवाब देने में। मेरे अन्दर अब खीज पैदा होने लगी, क्या आज भी वह मेरी अपनाइयत से बेजार है? क्या अविश्वास का दंश अब भी उसे कचोके लगा रहा है? कुछ देर और वह चुप रहा तो मैं चला जाऊँगा यहाँ से। जहाँ विश्वास मर जाए वहाँ न प्रेम शेष रहता है, न अपनापन।

"मैं गलत था वैभव, दोस्तों ने तुम्हारे विरुद्ध ऐसा भड़का दिया था कि मेरा विवेक मर गया था। मुझे तुमसे मिलकर सब साफ कर लेना चाहिए था। चूँकि तुमसे इतना लगाव था कि दुख भी उसी अनुपात में हुआ था तुम्हारे प्रति। यह मेरा अविश्वास था जो सही नहीं था और इसने बहुत पीड़ा भी पहुँचाई है मुझे...। बहुत बेचैन करता रहा है...।"

"तुम्हारे साथ मैंने ऐसा कोई व्यवहार कब किया जिससे तुम वहम में पड़ गए? हर इनसान के जीवन में कभी न कभी ऐसा समय आता है मेरे दोस्त...पर तब उसका विवेक ही काम आता है कि दूसरे का व्यवहार क्या रहा है उसके साथ। अविश्वास का दिलो-दिमाग में उपजना...सहज नहीं रहने देता मनुष्य को। यह ऐसी छलना है जो अपनों के प्रति अधिक उपजती है और अन्दर ही अन्दर शूल चुभाती रहती है। मेरे साथ भी वर्षों पूर्व एक ऐसा वाकया घटा था जिसने सहज विश्वास नहीं करने दिया था किसी पर बरसों। उसका ऐसा बीभत्स रूप देख चुका हूँ कि...

"ऐसा क्या हुआ था तेरे साथ? तुमने कभी बताया नहीं।"

"वह स्कूल या कॉलेज में आने से पहले की घटना थी मेरे यार...जिस

समय वह हादसा पेश आया था मेरी उम्र रही होगी सात या आठ साल।"

"ओह...हमारी दोस्ती तो सिक्स क्लास से शुरू हुई थी न?"

"हाँ जतिन...उस समय तक मैं उसके असर से मुक्त नहीं हुआ था पर बहुत असन्तुलित भी नहीं था।"

"हाँ, पर कभी-कभी तेरा व्यवहार विचित्र अवश्य हो जाता था किसी के प्रति। पर हुआ क्या था तेरे साथ?"

"बचपन में जब भी गर्मी की छुट्टियाँ होतीं, हम लोग नानी के पास गाँव जाने के लिए बेचैन हो जाते। शहर के कोलाहल से दूर गाँव का शान्त वातावरण...। बहुत सुकून मिलता था वहाँ। नाना जी की बड़ी सी अमराई... आमों से लदे हुए पेड़। अमराई के बीचोबीच बनी छोटी-सी फूस की झोंपड़ी। उसमें रखी काठ की चारपाई जिस पर दिन भर हम लोगों का कब्जा होता और रात में रखवार नन्दू का। अमराई के हाते से लगता मुख्य पथ था जो इस गाँव को दूसरे गाँव से जोड़ता था। पथ के किनारे पर भी चौदह-पन्द्रह आमों के बड़े-बड़े पेड़ थे जिनकी रखवाली वर्तमान डाकिया का परिवार करता तथा फल भी वही ले जाता। अभी यह सोचकर आश्चर्य होता है कि उस समय गाँव वाले कितने भोले थे, किसी ने कभी नहीं पूछा कि सरकारी पेड़ पर उसका अकेले का अधिकार कैसे है। लोग समझते वह सरकारी आदमी है तो सरकारी सम्पत्ति पर अधिकार उसी का होगा जिसका लाभ वह भरपूर उठाता, सारे आमों को समेटकर। उन पेड़ों में एक आम ऐसा था जिसका स्वाद लाजवाब था। उसका नाम बेलवा था। बेल की ही तरह गोलमटोल...और उसका साइज भी बड़ा होता।

"अमराई की शीतल छाया से बाहर खेत ही खेत होते...गेहूँ की सुनहरी बालियों से सोने-सा दमकता हुआ। जिस पर बैशाख-जेठ की प्रचंड गर्मी की लपलपाती लू...हवा के संग तैरती रहती मानो झुलसा देगी समस्त प्रकृति को। फिर भी दोस्तों के बहकावे में हम उन खेतों के डड़ेर से होते हुए दूसरी अमराई में पहुँच जाते और दबे पाँव करौंदे की झाड़ियों तक पहुँचते और जितना टूट सके तोड़कर बिल्ली की चाल से फरार हो जाते जब तक बाग का रखवार

आता...। हरफरौरी की चोरी भी ऐसे महारत से की जाती कि मजाल है कोई पकड़ सके। और उस चोरी की चीजों का स्वाद अप्रतिम होता, जैसे बहुत मेहनत से हासिल किसी वस्तु का होता है। तब वह हमें चोरी नहीं अपना हुनर और मेहनत ही लगती थी।

"अमराई से थोड़ी ही दूरी पर बड़ा सा तालाब था, पुरइन के पत्तों से भरा हुआ जो गाँव वालों के सभी आयोजनों में भोज खिलाने के काम आता। पुरइन के पत्तों के बीच कमल के फूल खूब खिले रहते। उसके किनारे को थोड़ा साफ कर लोग उसमें स्नान करते। सुनते थे उसका पानी बहुत ठंडा रहता है। गर्मी की शिद्दत से कभी-कभी इच्छा होती हम भी उसमें नहाते परन्तु हमें डरा दिया गया था कि इस पोखर में पाँच बड़े-बड़े गहरे कुएँ हैं। जो उसमें फँस जाता है लाख प्रयत्न करने के बाद भी नहीं निकल सकता...। सुनकर भय की लहर दौड़ जाती हमारे बदन में। हम शहरी बच्चों को तैरना तो आता नहीं था अतः हम उसका लाभ नहीं उठा सके। बच्चे यानी हम तीन भाई-बहन, जिसमें सबसे बड़ा मैं ही था। मेरी हमउम्र ममेरे भाई-बहनों की खासी तादाद थी जिनके सान्निध्य का मोह खींच लाता हमें शहर के सुख-सुविधा से यहाँ हर साल।

"जिन्दगी हमवार राह पर फिसलती ही चली जाती यदि वह मोड़ नहीं आया होता जिसने मेरी मासूमियत को चकनाचूर कर मेरे अन्दर अविश्वास का बीजारोपण किया था। ऐसा बीजारोपण कि फिर जल्दी किसी पर कभी विश्वास जमा ही नहीं और इतनी जल्दी अपनी मासूमियत के खोने का बहुत मलाल रहा मुझे हमेशा।

"उस दिन और दिनों के बनिस्बत कुछ अधिक ही गर्मी थी। हवा भी मानो किसी कंदरा में विश्राम करने चली गई थी। नानी ने हमें अमराई में नहीं जाने दिया था। दिन थोड़ा झुक जाए, धूप की शिद्दत कम हो जाए तो तुम लोग जाना बगीचे में। नानी का सख्त आदेश था जिसे बेमन से माना था हम लोगों ने और बड़े से बाहरी बरामदे में लूडो खेलने लगे थे।

"हवेली के आगे लम्बा-चौड़ा पक्का बरामदा था, उसके आगे बड़ा सा लोहे का गेट जिसका लोहे का भारी दरवाजा दिन में अमूमन भिड़काया हुआ

रहता। जिससे बार-बार जन-मजदूर या आने-जाने वालों के लिए खोलना न पड़े। जब हम लोग खेलते रहते तो अन्दर सभी जनानियाँ निश्चिन्त होकर आराम करतीं। क्योंकि दरबान का काम हम लोग सँभाल लिया करते।

"सुमन की गोटी शरद ने काट दी थी और दोनों में वाक्युद्ध शुरू हो गया था जिसका बीच-बचाव बाकी लोग कर रहे थे पर सुमन मान नहीं रही थी कि शरद ने जानबूझकर नहीं काटी है उसकी गोटी, जैसा कि उसने जद में आई उसकी गोटी को देखकर भी नहीं काटी थी। लूडो का खेल हो और गोटी काटने को लेकर झिक-झिक न हो ऐसा सम्भव नहीं...इसीलिए मैं हमेशा साँप-सीढ़ी खेलने के पक्ष में रहता कि जो इल्जाम आए साँप पर आए। और आपस में समन्वय बना रहे।

"दोनों में बकझक अभी और चलती तभी गेट खुला और एक स्त्री अन्दर घुसी। ऐसे तो दिन भर इस हवेली में कितने याचक आते रहते थे पर इस स्त्री की विचित्र वेश-भूषा ने हमारा ध्यान शिद्दत से अपनी ओर खींचा...। शरीर पर साड़ी की जगह उसने कपड़े का छोटा सा टुकड़ा लपेट रखा था। ऊपर ब्लाउज भी फटा हुआ था। उसके कन्धे पर एक बड़ा-सा झोला लटक रहा था और गोद में छोटा बच्चा था मैले कपड़े के टुकड़े में लिपटा। शरीर पर का पूरा कपड़ा ही मैला-कुचैला था जैसे महीनों से उसे धोया न गया हो।

"अन्दर आते ही वह थहराकर जमीन पर बैठ गई जैसे मीलों का सफर तय करके आ रही हो और धीमे स्वर में हमसे पानी माँगा।

" 'बबुआ लोग, तनी पानी पिला दीं, बहुत प्यास लागल बा।'

"उसकी विचित्र वेश-भूषा से पहले ही हम काफी आतंकित थे और अब यह पानी की माँग...। ममेरी बहन दिव्या घर के अन्दर भागी...। हमें लगा उसका दिल पसीज गया होगा इसकी दीन दशा देखकर इसलिए पानी लाने गई होगी। पर जब वह लौटी तो साथ में घर की तमाम स्त्रियाँ थीं।

"उसको देखते ही आश्चर्य के मारे सभी के मुँह से आह निकल गई...

" 'अरे तुम्हारी साड़ी क्या हुई?' आते ही नानी ने पूछा।

" 'इस तरह अधनंगा कोई घूमता है भला?' बड़ी मामी बोलीं।

" 'गोद में इतना छोटा बच्चा लिये इतनी तेज धूप में क्यों घूम रही हो?' छोटी मामी का सवाल उछला।

"सवालों की होती बरसात से वह सुबकने लगी...।

" 'अरे...रो क्यों रही हो, क्या हुआ है? इतना छोटा बच्चा लेकर इतनी गर्मी में तुम्हें नहीं निकलना चाहिए, इसलिए कहा है दुलहिन ने।' नानी ने मुलायमियत से कहा। इस तरह उसके सुबकने से वे उलझन में पड़ गई थीं।

"नानी के सहानुभूति भरे शब्दों से उसका सिसकना बन्द हुआ। कुछ देर उत्सुक सन्नाटा पसरा रहा चहुँओर...।

" 'माँ जी, दुख से निकली हूँ बाहर। पति बाहर गया है कमाने। माँग-चाँग कर किसी तरह गुजर-बसर कर रही थी।'

" 'तुम इस गाँव-जवार की नहीं लग रहीं, कहाँ की हो?' उसके बोलने के लहजे से आशंकित छोटी मामी ने पूछा। उनकी तेज-तर्रार नजरें उसे ताड़ रही थीं।

" 'बगल के गाँव की हूँ दुलहिन, दो दिन पहले ही यह जुड़वाँ बच्चा हुआ है। दो ही साड़ी थी मेरे पास, एक को जचगी के समय दाई ने फाड़कर इस्तेमाल किया और दूसरी उसने ले ली।'

" 'हैं...जुड़वाँ बच्चा...? दूसरे को कहाँ छोड़ आई हो?'

" 'दूसरा यह रहा दुलहिन...' कहते हुए उसने कन्धे से झोला उतारा और उसमें से एक नन्हा-सा बच्चा निकालकर दिखाने लगी। उस नन्ही-सी जान को बिना वस्त्र में देख सभी के मुँह से दुख भरी आह निकल गई।

" 'ओह कैसी कसाई दाई थी...एक वस्त्र था उसे भी ले लिया? औरत होकर औरत की मजबूरी नहीं समझ सकी। लानत है उस पर।' बड़ी मामी बोलीं।

" 'बड़ी दुलहिन, एक साड़ी लाकर जल्दी दो इसे और बच्चे के लिए भी कुछ कपड़े लेती आना, ढेरों छोटे कपड़े पड़े हैं घर में बच्चों के।'

"मामी अन्दर गईं और कई साड़ियाँ, साया, ब्लाउज और बच्चे के लिए कपड़े लेकर लौटीं।

"एक साड़ी देते हुए नानी ने फौरन उसे पहन लेने की हिदायत की। उसने साड़ी को उसी टुकड़े पर लपेट लिया और सामने पड़े कपड़े को समेटने लगी...

तब तक आस-पड़ोस में जाने कैसे खबर फैल गई...। कितनी औरतें इकट्ठी हो गईं। उसकी स्थिति और दुख भरी दास्तान पर सभी के मुँह से आह निकल रही थी और उस दाई के लिए अपशब्द। सभी अपने-अपने घरों से साड़ियाँ, पुरानी चादरें, कपड़े...खाने-पीने का सामान मँगवाने लगीं। देखते-देखते सामानों का ढेर-सा लग गया।

"फिर नानी ने उस सद्य:जच्चा को भोजन करवाया। एक गिलास गर्म दूध पीने को दिया और गिलास भी दे दिया। उसकी दीन-हीन दशा ने सभी के दिल को पसीजा दिया था और अभाव का वह सच दिखाया था कि सभी की आत्मा पीड़ा से कराह उठी थी।

"खाना खाकर वह उसी जगह एक कपड़ा बिछाकर लेट गई थी बच्चों को अगल-बगल लेकर।

"कुछ देर सुस्ताकर वह उठी। दोनों बच्चों को सोने दिया और सामानों का गट्ठर बाँधने लगी। कपड़ों का गट्ठर। अनाज का गट्ठर। कपड़ों का बड़ा हो गया। तो नानी ने तरस खाते हुए कहा—'कुछ सामान छोड़ दो। दो बच्चा और भारी सामान लेकर जाने में परेशानी होगी तुम्हें। कल आकर ले जाना।'

"'रोज-रोज निकलना नहीं हो पाएगा माँ जी। किसी तरह ले जाऊँगी।'

"'तुम्हारे ही भले के लिए कह रही हूँ, एक तो परसों ही प्रसव हुआ है। सात दिनों तक तो बिस्तर से उठने की ताकत नहीं होती, तुम तो दूर से चलकर आई हो।'

"'कोई बात नहीं माँ जी, हम गरीबों को आदत होती है ऐसे दुखों को सहने की।'

"'जैसी तुम्हारी मर्जी।' नानी बोली।

उसने झोले में एक बच्चे को रखकर कन्धे पर टाँग लिया, दूसरे को गोद में रखा और गट्ठर उठाने लगी। बड़ी मामी से उसकी लाचारी देखी न गई। उन्होंने फौरन पहले कपड़े का गट्ठर उठाकर उसके सर पर रखा और उसके ऊपर अनाज का गट्ठर रख दिया।

"ढेरों आशीष देती वह गेट से बाहर चली गई, वहाँ मौजूद सभी के दिलों

में अफसोस छोड़कर। उसके जाने के बाद बहुत देर तक उसके अभावों पर बातें होती रहीं...। बाकी सब दाई के नृशंस व्यवहार पर लानत भेजती रहीं कि एक औरत होकर कैसे उसे रहम नहीं आया इस गरीब पर। और उसके निर्दयी पति पर भी कि कैसा इनसान है...पत्नी के जचगी के समय तो उसे उसके पास रहना चाहिए था। और उसके पास-पड़ोस के लोगों की बेजारी पर भी कि अबला के लिए कुछ वस्त्र भी नहीं था किसी के पास। कैसे पड़ोसी हैं लोग।

" 'ईश्वर भी कितना निर्दयी है, जहाँ दाँत देता है वहाँ चना नहीं देता और जहाँ चना देता है वहाँ दाँत नदारद। बलरामपुर वाली अन्न-धन से पूर्ण है तो एक औलाद को तरस रही है और यहाँ तन ढकने को कपड़ा नहीं तो दो-दो बच्चे...। उसकी लीला भी अपरम्पार है।' दीक्षा मौसी बोलीं।

"शाम होते-होते स्थिति सामान्य हो गई। हम लोग खाए-पीए सो गए।

"दूसरे दिन खाना खाकर हम लोग अमराई में पहुँचे। खेल का दैनंदिनी कार्यक्रम आरम्भ हुआ। आज गिल्ली-डंडा का खेल खेलने की बात बनी। सोनू की मारी हुई गिल्ली हाते के पास जाकर गिरी थी। दौड़कर मैं उठाने जा ही रहा था कि सड़क से गुजरती भैंसों की कतार पर नजर पड़ी। सभी पर कुछ न कुछ सामान लदा हुआ था। सभी भैंसों की रास किसी मर्द या किसी औरत के हाथों में थी। कुछ बच्चे औरत-मर्दों के साथ-साथ चल रहे थे। किसी भैंसे पर छोटा बच्चा बैठा था। किसी पर मुर्गे या मुर्गियाँ बैठी थीं। किसी पर टेंट, कैम्प गाड़ने के सामान थे। शायद ये घुमन्तू जाति यानी खानाबदोश लोग हैं जिनका सारा घर-बार चलन्त ही होता है। बहुत दिन ये एक जगह टिककर नहीं रहते। सुना था। बड़ा दिलचस्प मंजर था। खड़ा होकर मैं उन्हें देखने लगा तभी सबसे पीछे आती उस औरत पर नजरें जम-सी गईं जो नानी की साड़ी पहने हुए थी। अरे यह तो वही बेचारी औरत है जो कल हमारे घर अधनंगी-सी आई थी। वही साँवली रंगत...नाक में बड़ा सा लौंग...ठुड्डी पर विचित्र-सा गोदना...।

"आश्चर्य! आज मर्द-औरतों का पूरा काफिला था और वह औरत भी पूरे कपड़ों में थी यानी नानी की दी हुई साड़ी में थी। उसकी गोद में कोई बच्चा भी नहीं था। इतना बड़ा झूठ...हतप्रभ-सा रह गया मैं उस औरत की झूठ पर...।

इतना बड़ा फरेब...? किसी के विश्वास से खेलने का यह नायाब तरीका मुझे गहरे दंश दे गया। जी चाहा सभी को पुकारकर उसके झूठ को बतलाऊँ पर मुँह नहीं खुला। बड़ा गहरा असर हुआ था मेरे बाल-मन-मस्तिष्क पर उसके झूठ का, जिसने बाद में किसी पर विश्वास जमने ही नहीं दिया मेरे अन्दर...।

"मेरे ऊपर नजर पड़ते ही उसने झट आँचल से मुँह ढक लिया था। उसका इस तरह मुँह ढकना...मेरे विश्वास को और पुष्ट कर गया कि यह वही औरत है पर मेरे अन्दर जम चुका अविश्वास का विरवा भी और पुष्ट हो गया था उसके फरेब से...जो कभी भी नष्ट न हुआ।"

मैंने जतिन का हाथ अपने हाथों में लेकर हौले से दबाया...

"नहीं दोस्त, कभी भी किसी भी कीमत पर अपने अन्दर के विश्वास को मरने मत देना। अविश्वास जिस पर किया जाए उस पर कोई फर्क पड़े या न पड़े, करने वाला पहले अपनी सहजता और मानवीय भाव को खो देता है। समाज में रहकर परस्पर विश्वास का रहना ही तो मानवीयता है। किसी के फरेब की सजा अपने मन को क्यों देना...।"

चेहरे पर चेहरा

दरिया अपनी मौज में भाग रहा है सरपट...। किनारे मजबूती से थामे हुए हैं उसके कल-कल करते अल्हड़ प्रवाह को...। परन्तु हताश-निराश बैठा वह इन सबसे अस्पृश्य एकटक निहार रहा है अपनी गोद में रखे सर्टिफिकेट के फोल्डर को, जैसे श्मशान घाट पर रखे किसी मुर्दे की तरह वह कोई प्राणहीन जीव हो...। तो क्या इसका भी वह दाह-संस्कार कर दे...? यह भी तो अब अर्थहीन हो चुकी है उसके लिए। या प्रवाहित कर दे इसे नदी की धारा में जो ओझल हो जाए यह उसकी नजरों के सामने से ही नहीं, उसकी सोचों से भी। अब इसकी क्या उपयोगिता रह गई है उसके लिए? समय बीतने के साथ यह आस भी दम तोड़ चुकी है कि नौकरी के लिए बेमानी हो चुकी उसकी उम्र पुनः लौट पाएगी किसी भी सूरत...? बड़ा कमजोर लग रहा है उसे आज स्वयं का वजूद...। कैसे सँभाल पाएगा वह इस कमजोर वजूद पर जीवन का पहाड़-सा भार...

चकित है वह यह सोचकर कि...बहुत सुन्दर, सहज, सामान्य-सी दिखने वाली यह दुनिया—कितनी भूलभुलैया वाली है। कितने तहदार चेहरे लिये विचर रहे हैं लोग यहाँ। इन्हें खुली आँखों से देखना क्या सम्भव है? क्या वह इसलिए असफल रहा कि उसे अपने चेहरे को तहदार बनाने का गुर नहीं आया? कितना नासमझ था वह। एक ही चेहरा लिये घूमता रहा यह सोचते हुए कि ईमानदारी से मेहनत-मशक्कत कर रहा है, तो उसका प्राप्य भी उसे अवश्य प्राप्त होगा। 'कर्म किये जा फल की चिन्ता मत कर ऐ इनसान!' इस

उक्ति को आदर्श बनाए...कि फल पाने के लिए कर्म की ही आवश्यकता होती है—चेहरा बदलने की नहीं। यही तो जाना और सुना था उसने, पर अभी उसे लगा, ये उक्तियाँ सत्य नहीं हैं।

तड़प उठा वह पीड़ा की अधिकता से। अपने अनिश्चित भविष्य के कचोके लगाते विषाद से...क्या होगा अब उसका। पल-पल कितना युद्ध लड़ता रहा था वह समय से कि अपने कर्म के बल पर हासिल करके रहेगा वह सब कुछ जो जीने के लिए जरूरी है इस संसार में, पर ऐसा नहीं हुआ। हार गया वह आज...। अब क्या होगा उसके अँखुआते सपनों का? जिसे मेहनत में तनिक भी कोताही न करते हुए देखा था उसने। क्या होगा उन आशाओं और आकांक्षाओं का जो एक मनुष्य होने के नाते अपने अन्दर जीवित रखना आवश्यक था उसके लिए? और क्या होगा उसके इस जीवन का जिसके हदे निगाह तक कहीं भी कोई ऐसा सायादार दरख्त नहीं...जहाँ बैठकर उसे सकून का एहसास होता। कितना असहाय, असमर्थ, असफल और अकेला इनसान है वह...। यह भाव उसे दहकाने लगा। आक्रोश से भर उठा वह...जाने किस पर...? इस व्यवस्था पर...उसे इस दुनिया में लाने वाले पर...या स्वयं पर...?

पर स्वयं पर आक्रोशित होने या अपना खून खौलाने से क्या हासिल होने वाला था अब, जब चिड़ियाँ खेत चुग चुकी थीं और बीज से खाली हो चुके बखार की याद कर किसान की तरह सर पीटने के सिवा और कोई चारा भी नहीं रह गया था। आक्रोश की गर्म हाँड़ी में चने की भाँति फटफटाकर वह स्वयं का ही सर फोड़ेगा—हाँड़ी का नहीं।

ऊपर वाले के अथाह भंडार से कहाँ कुछ विशेष की चाह की थी उसने। बस रोटी, कपड़ा और मकान। नहीं, मकान का सपना बड़ा हो गया। कोई झोंपड़ी भी हो जो अपनी हो। यह तीन जरूरतें, जिन्हें पाने के लिए कितना समय, श्रम खर्च करना पड़ता है उस इनसान को जिसकी आँखें इनसे वंचित स्थान में खुलती हैं। जहाँ न छान-छप्पर हो न फटा चिथड़ा और न महान बनाने के लिए पहचान का कोई दुमछल्ला जुड़ता हो नाम के साथ। न ऐसा सहारा हो जीवन पथ को प्रशस्त करने वाला। जिन्दगी की असमतल राहों पर चलते,

धक्के खाते, जलील होते...इन तीनों से महरूम उसे इसका शिद्दत से एहसास हुआ था और वह अन्दर से और ध्वस्त होता चला गया था।

ऐसा नहीं था कि उसके जीवन में खुशी के जुगनू नहीं चमके थे। नजरों के सामने इन्द्रधनुष ने रंग नहीं बिखेरे थे। उसकी आरजुओं में खुशरंग तितलियों ने परवाज नहीं किया था। जब-जब कोई असामान्य-सा दिन आया था उसकी जिन्दगी में उसकी उम्मीदें सुनामी बन उछली थीं...। चाहतें हवा के बगूले बन सनसनाए थे कानों में...। खुशियाँ सावन बन भिगो गई थीं आपादमस्तक...।

उस दिन उसके ग्रेजुएशन का रिजल्ट निकलने वाला था। खूब सवेरे ही खुल गई थीं उसकी आँखें...बल्कि महीनों से नींद ने अपने गहरे आगोश में उसे लिया ही कहाँ था। जीवन में अनायास और अप्रत्याशित उपलब्ध हुए इस सुअवसर को वह सोकर खोने को तैयार नहीं था। उसने सुना था भाग्य मात्र एक बार दस्तक देता है द्वार पर और दुर्भाग्य तब तक द्वार पीटता रहता है जब तक वह खुल नहीं जाता। और एक बार द्वार पर दस्तक देने वाले भाग्य रूपी अवसर को वह सार्थक बनाने में जुट गया था प्राणपण से। किसी महापुरुष की उक्ति को गाँठ बाँधकर कि "निम्न कुल में जन्मना अपने वश में नहीं है परन्तु निम्न होकर न मरना अपने वश में है।" अपरिचय रहना उसे भी कहाँ अभीष्ट था इस संसार में जहाँ पग-पग पर जाति, धर्म व पहचान की गहरी पड़ताल होती हो। और वह शिक्षा को हथियार बनाने की जुगत में संलग्न हो गया था।

उस दिन उसने प्रसन्न मन से स्नान किया। ऐसे ही दिनों के लिए बचाकर रखे गए अच्छे कपड़े पहने। मन्दिर गया। राह में पड़ने वाले गुरुद्वारा, गिरजाघर, मजार सभी के समक्ष सिर झुकाया और उसके बाद कॉलेज कैम्पस में आया। रिजल्ट की लिस्ट दीवार पर चिपकी हुई थी। क्षण मात्र के लिए उसने आँखें बन्द कीं। पुनः अपने इष्ट का स्मरण किया और प्रथम श्रेणी की लिस्ट को ऊपर से नीचे की ओर देखना आरम्भ किया—आखिर तक आते-आते अनजाने भय से धड़क उठा उसका दिल। लिस्ट में उसका नाम नदारद था। जिन साथियों का नाम उसमें उजागर था वे खुशी से बावले हो चीख रहे थे,

चिल्ला रहे थे। उछल-उछल कर एक-दूसरे की गोद में चढ़ रहे थे। गले मिल रहे थे। परस्पर बधाइयाँ दे रहे थे। विजय का आवेश...आवेग...उन्माद देख उसका जोश ठंडा पड़ गया।

सहमते हुए उसने तृतीय श्रेणी की लिस्ट पर नजरें दौड़ाईं...अपनी मेहनत के इनाम की अपेक्षा उसे इस लिस्ट में कतई नहीं थी पर अपने भय का वह क्या करे। और ऊपर से नीचे तक फिसलती उसकी निगाहों में फिर उसका नाम नहीं आया तो। उसे कहीं थोड़ी तसल्ली भी हुई। तृतीय श्रेणी में अपना नाम न देखकर फिर फौरन भय ने उसे जकड़ लिया। अगर द्वितीय श्रेणी में भी उसका नाम नहीं हुआ तो? हिम्मत बटोरकर उसने द्वितीय श्रेणी की लिस्ट को खँगालना शुरू किया। दिल धक-धक करता बढ़ता रहा नजरों के साथ कदम ताल करता।

"अरे सुभाष, तेरा नाम तो यहाँ है।" द्वितीय श्रेणी की लिस्ट में एक जगह उँगली रखता उसका दोस्त नवीन उससे मुखातिब था। मारे हर्ष के उसके मुँह से चीख-सी निकल गई। नवीन का हाथ थामे कितनी देर तक वह मूक बना खड़ा रहा...। द्वितीय श्रेणी ही सही ग्रेजुएट तो वह हो गया है। कहीं यह कोई सपना तो नहीं? क्या सचमुच उसने एक अहम पड़ाव पार कर लिया है। अब दूसरा पड़ाव होगा नौकरी के लिए भाग-दौड़ करना। जीवन को सेटल करना। सहजता के साथ एक इनसान की तरह जीना...।

इंटर के बाद ही वह नौकरी के लिए प्रयास करना चाह रहा था। उसके दोस्त मनीष ने बरजते हुए कहा था—

"बावला हुआ है क्या, थर्ड डिविजन से इंटर पास को कौन नौकरी देगा? कम-से-कम बी.ए. तो कर ले। ढंग की नौकरी मिल जाएगी।"

मनीष के विश्वास भरे शब्दों से उसे शक्ति मिली थी और उस समय उसने अपना विचार स्थगित कर दिया था जरूरतमन्द होते हुए भी।

वह स्नातक तो हो गया था। परन्तु अंक का प्रतिशत कम था। वह मायूस हो गया। नवीन ने ढाढ़स बँधाया—

"इतने कम प्रतिशत में नौकरी मिलने से रही। जाति प्रमाण-पत्र से बात

बन सकती है। ऐसा कर, तू जाति प्रमाण-पत्र बनवा ले।"

"पर कहाँ से बनवा लूँ जाति प्रमाण-पत्र? अनाथालय में पला-बढ़ा हूँ।" उसने लाचारी जताई।

"तब तो और भी कोई प्राब्लम नहीं है। निचली जाति का प्रमाण-पत्र बनवा ले। चटपट नौकरी। फटाफट तरक्की।" तल्ख फब्ती कसता सहपाठी रमन हँसा। सुलग ही तो उठा वह—अपमान की ज्वाला से। कहना चाहा—'अनाथालय में क्या सवर्णों की नाजायज औलादें नहीं आतीं? खूब आती हैं। कभी पता करके देखो...।' पर कहा नहीं। फालतू झंझट खड़ा करना उसके स्वभाव में नहीं था। आजकल सत्य को ज्यादा प्रमाण की जरूरत है। उसे मालूम था। अनाथालय की सहयोगिनी कलावती प्रायः कहा करती थी—"वह भी किसी कुन्ती की ही औलाद है।" उसका रंग-रूप भी तो यही चुगली खाता है पर उस कुन्ती का कोई अता-पता नहीं था जिसने उसे यहाँ तक पहुँचाया था।

उस दिन वह सीधे अनाथालय के प्रबन्धक के पास जा पहुँचा और विनम्र स्वर में प्रबन्धक से पूछा था—

"सर, फेंके हुए बच्चों की गिनती जाति के किस श्रेणी में होती है?" उसके प्रश्न पर प्रबन्धक का मुँह उजबक की तरह खुल गया था। शायद इस प्रश्न से प्रथम बार सामना हो रहा था उनका। कुछ देर चुप रहने के बाद असमंजस भरे स्वर में उन्होंने कहा—

"आज तक इस ओर कभी ध्यान देने की आवश्यकता नहीं पड़ी थी। मुझे पता नहीं है ऐसे बच्चों की गिनती किस श्रेणी में होती है। कल्याण विभाग से पूछना पड़ेगा।"

"फिर मैं कब आऊँ, सर?"

"पाँच-दस दिन बाद।"

न वह पाँच-दस दिन कभी आए, ना उसे अपनी जाति का पता चला और ना ही जाति प्रमाण-पत्र ही प्राप्त हुआ। कभी-कभी वह वितृष्णा से सोचता-सृष्टिकर्ता ने जब इनसान की रचना की होगी तो उसके मानस में भी कहीं अनाथालय की कल्पना तक नहीं रही होगी, ना ही अनाथालय का निर्माण

करवाने वाले धर्मात्माओं के जेहन में यह विश्वास ही रहा होगा कि वहाँ का कोई भी बच्चा कभी अपने पैरों पर खड़ा हो सकेगा। उच्छिष्ट खाते। उच्छिष्ट पहनते। लावारिश लाशों को श्मशान पहुँचाते, एक दिन खुद वह लावारिश लाश में बदल जाने की नियति लेकर ही पैदा होते हैं ये लावारिश। अनाथालय में खुलने वाली किसी भी आँख को सपने देखने का अधिकार नहीं होता। दया ही जिसका ओढ़ना-बिछौना हो और दया पर ही जीना तथा जीते चले जाना और घृणा के साए में अन्त को पहुँचना। भीख का जीवन, जिसका अपना कहने लायक न कोई रिश्ता होता है न इंच-भर जमीन, जहाँ वह स्वाभिमान से अपने पैरों को टिकाकर अधिकार से ताक सके आसमान की ओर...। वर्षों उसने यही तो देखा, समझा, जीया और भोगा है। दुत्कार का जीवन। अभाव का जीवन। असुरक्षा का जीवन...।

हाथ में थोड़ा भी अर्थ होता...कहीं भी छोटी-मोटी दुकान सजा लेता। दर-दर भटकने से तो निजात मिलती। ज़िन्दगी सम रास्ते पर चल निकलती। पेट की भूख मरती तो सोचता जीवन को सार्थक कैसे बनाया जाए। परन्तु उसके पास न तो व्यापार के लिए अर्थ है न गिरवी, जमानत रखने के लिए जमीन-जायदाद इस उधार के जीवन के सिवा, जिसका न कोई मूल्य है न महत्त्व समाज और संसार में।

प्रतिशत कम था। सामान्य कोटे में नौकरी की उम्मीद क्षीण होती गई। सोचा था पिछड़ा, अति पिछड़ा का प्रमाण पत्र मिल जाएगा तो नौकरी का जुगाड़ हो जाएगा लेकिन अनाथालय के प्रबन्धक के कथनानुसार कल्याण विभाग क़ो कोई हड़बड़ी नहीं थी। ना ही दिलचस्पी ही कि वह सामान्य वर्ग में आता है या इससे इतर। उसका दौड़ना-धूपना...गिड़गिड़ाना कोई प्रभाव नहीं छोड़ रहा था उन पर। आश्वासनों के सहारे वह घिसट रहा था पर उसकी उम्र को घिसटने की कोई बन्दिश नहीं थी। वह तो छकड़े से छूटे घोड़े की तरह भाग रही थी बेदिशा...बेमानी...।

हाँ, ये स्कूल, कॉलेज के प्रमाण पत्र...जिनमें उसकी चुराई हुई नींदें, बचाई हुई मेहनत और सुन्दर भविष्य की आकांक्षाओं का हाथ था, जिसे उसने

गालियाँ सुनकर, मार खाकर, भूखों रहकर और अपमानित होकर...नहीं...नहीं... अपमान शब्द अनाथों के शब्दकोश में होता ही कहाँ है? दान के कपड़े। दान के अन्न। दया, वितृष्णा भरे शब्दों के सहारे परवान चढ़ता जीवन। अपमान शब्द को वैसे ही धो-पोंछ देता है जैसे बारिश की बौछारें राह की धूल को।

वह तो ऊपरवाले के मन में क्या समाया जो सौतेलेपन के व्यवहार के तहत उसे एहसास की बेसुमार दौलत दे डाली। जाने उसके किस पुण्य या पाप वश। वरना वह भी और संगी-साथियों की तरह उस बीभत्स जीवन का एक हिस्सा बनकर रह जाता जो अनाथालय में परवरिश पाने वालों का नसीब होता है। उससे अलग भी कोई जिन्दगी है इनसान की कभी जान ही नहीं पाता। भला हो उस पन्द्रह अगस्त का जिस दिन उसे अनुभव हुआ वह भी मानव है और उस संसार में उसका आना व्यर्थ नहीं है।

साल के कुछ दिन जो महत्त्वपूर्ण होते हैं, देश और उससे बढ़कर अनाथालयवासियों के लिए। उस दिन शहर की कुछ संस्थाएँ आतीं खाना, कपड़ा, खिलौने आदि लेकर। कुछ किताबें-कॉपियाँ लातीं। कुछ सर्दी में गर्म कपड़े भी लातीं। ऐसा ही एक यादगार दिन था वह पन्द्रह अगस्त। महिलाओं की एक संस्था द्वारा छोटा-मोटा एक आयोजन करवाया गया था वहाँ के बच्चों द्वारा। अति उत्साहवश उसने अपने पात्र को जीवंत ही नहीं किया सुन्दर प्रस्तुति की वजह वह मुख्य अतिथि की नजर में भी आ गया था। कलावती के कथनानुसार वह सुन्दर तो था ही कर्ण की तरह...। अतः मुख्य अतिथि की मेहरबानी से उसे स्कूल जाने की इजाजत मिल गई थी। पढ़ाई का खर्च उन्हीं महोदय ने उठाया था।

अनाथालय की चहारदीवारी से बाहर आकर उसने देखा था दुनिया का हर रंग...हर पहलू...। पर साल-दर-साल जमा किये गए इन प्रमाण पत्रों का अवमूल्यन देख टूटता जा रहा था उसका हौसला, सब्र...धैर्य...और सपने भी...। वह दिन जब बी.ए. का रिजल्ट निकला था, उसकी शुष्क बेआब आँखों में हजारों इन्द्रधनुषी ख्वाब लहरा उठे थे। जीने का औजार हाथ लग गया था उसे। अब वह सब कुछ प्राप्त कर सकता था, जो जीने के लिए जरूरी

होता है। अन्न-वस्त्र, अपनी जमीन, मकान, इज्जतदार जीवन और खुद की पहचान और एक आज का दिन है जब सब कुछ जैसे समाप्त हो गया था, प्रसन्नता, उत्साह...उमंग और इस प्रमाण पत्र की आवश्यकता भी। उस दिन और आज के दिन के बीच पसरी चौड़ी शुष्क नदी, जिसके दोनों किनारों के मध्य चलते-चलते चुक गया था उसका सब्र। एक किनारा जहाँ रहना मौत के सदृश लगता उसे। दूसरे किनारे पर जीने का कोई साधन नहीं था और तीसरा कोई किनारा था ही नहीं तो क्या सोचता उसके विषय में।

उसे याद है एक रात जब वह पानी पीने उठा था। अनाथालय के इंचार्ज शम्भू को अपनी पत्नी से कहते सुना था—

"तुम्हारी और बच्चों की चिन्ता नहीं होती तो कब का मैं भाग गया होता यहाँ से। यह भी कोई जिन्दगी है भला! इतने छोटे-छोटे फेंके हुए बच्चों को पालना...मानो पिल्ले हों। रात-दिन चीख-चीख कर नाक में दम किये रहते हैं कमबख्त। लार, पोंटा, पेशाब, पाखाना। क्यों करते हैं लोग ऐसा कुकर्म... क्यों फेंक देते हैं अपना पाप दूसरों को परेशान करने के लिए। क्यों अपने कोख जाए को शाप का जीवन जीने पर मजबूर करते हैं? क्या उनके सीने में दिल नहीं होता?"

उसे पता चला था कि शम्भू भी उन्हीं पिल्लों में से एक था। वह भी रेलवे लाइन के पास मिला था किसी को। फेंकने वाले/वाली ने पत्थर से मार डालने का भरपूर प्रयास किया था उसे पर वह मरा नहीं था। जिन्दा रहा था उस कहावत को चरितार्थ करता कि 'अकरब मरे न छुतिहर फूटे।' जिसकी चाह यहाँ होती है उसी की ऊपर भी होती है। कलावती अक्सर कहा करती थी यह कहावत। खासकर शम्भू के माथे व चेहरे पर पड़े गहरे जख्म के निशानों को देखकर। वह यह भी कहा करती—"अगर उसे सुखी होना लिखा होता तो वह मर नहीं गया होता। इतनी गहरी चोट खाकर कोई जिन्दा रह सकता है भला?"

कलावती के इस भला का जवाब वहाँ पल रहे न उन बच्चों के पास था जो अनाथ थे और न उन बच्चों के पास जो माँ-बाप के होते हुए भी उनकी अक्षमता के कारण इस जिन्दगी को जीने को अभिशप्त थे। या जो पैदा तो

करते एक खिलवाड़ के तहत और फेंक देते कीड़े की तरह गटर में। एक दिन तो क्रोध से भभक ही पड़ा था वह अखबार में यह पढ़कर कि उड़ीसा के कई माँ-बाप दो-चार किलो अनाज के बदले बेच रहे हैं अपने बच्चों को। जैसे इनसान का बच्चा न हुआ मुर्गा-मुर्गी हो गया। जब भूख की अधिकता इतनी है कि उन्हें अपने बच्चों को बेचना पड़ रहा है तब उनमें इतनी शक्ति कहाँ से आती है बच्चे पैदा करने की? कहाँ सोई है वहाँ की सरकार? क्यों नहीं कठोर सजा देती है उन्हें ताकि ऐसा कृत्य भविष्य में न दुहराया जाए। उन तथा कथित अक्षम अभागों का पेट तो उन अनाजों से दो-चार दिन भर जाता है। पर बेचे गए वे अभागे बच्चे अपना पेट पालने के लिए किन-किन ज्यादतियों, मानसिक और शरीरिक शोषण का शिकार होते हैं। उन्हीं की आत्मा जानती है। वे अभागे तो यह भी नहीं समझ पाते कि किस अपराध का दंड भुगत रहे हैं वे।

सोच-सोचकर पस्त हो जाता उसका दिमाग कि कब तक आस के सहारे खेता रहेगा वह अपनी डगमगाती नैया को? हर बार वही नाकाम इंटरव्यू... वही डिमांड...वही पुच्छल्ला का अभाव...। एक और गुनाह बेलज्जत। बिस्तर पर पड़ा वह घंटों छत को निहारता रहा। तलाशता रहा उसकी झड़ी परतों में भविष्य की स्पष्ट डगर...परन्तु सदा की तरह सब कुछ अस्पष्ट ही रहा।

संध्या होते ही कमरे के सूनेपन और भविष्य की अनिश्चितता के डर से आक्रान्त हो निकल पड़ा वह शहर को अपने घेरे में बाँधे रिंग बाँध की ओर। जहाँ अक्सर कमरे के अकेलेपन से निजात पाने के लिए वह जाया करता था साँसों में ताजगी भरने और अपने होने को महसूस करने भी कि वह इनसान ही है न। इस बाड़े का जानवर तो नहीं?

"तफरीह हो रही है सुभाष जी?" तभी पीछे से आवाज आई। अपना नाम सुनकर वह पलटा। मुहल्ले का ही दुकानदार था सुखराम। थुलथुल तोंद लिये तीन-चार लोगों के साथ। शायद मधुमेह से मरने का डर उसे ले आया था यहाँ। उसकी बातों ने सुलगा ही तो दिया उसका तन-बदन। जी में आया करारा-सा जवाब दे उसे कि 'तफरीह चर्बी चढ़ी अँतड़ियों को माँजने और बेडौल जिस्म को तराशने के लिए की जाती है जैसा आप कर रहे हैं। भूख से

ऐंठती अँतड़ियों वाला इनसान सिर्फ बउआता घूमता है। बेमकसद गम गलत करने और खुद को भूलने के लिए भी। वह चाहे भी तो किसी के पास नहीं बैठ सकता। उसे पता होता है अभावग्रस्त इनसान की मौजूदगी से भी डर जाते हैं लोग कि कहीं कुछ माँगने ही तो नहीं आया है।" पर वह चुप रहा।

उसे लगा हर इनसान अपनी तरह से सोचता है। किसी और की जरूरत या परेशानियों से उसे कुछ लेना-देना नहीं होता। उसने एक गहरी साँस ली। कहाँ तो वह आया था अपनी परेशानियों को भुलाने और कहाँ इस मोटे सुखराम के व्यंग्य ने उसे और बौखला दिया। कुढ़ता-झींकता वह बाँध के निचले हिस्से की ओर मुड़ गया।

बाँध के निचले हिस्से में भिखमंगों की कुछ झुग्गी-झोंपड़ियाँ आबाद थीं। झुग्गियों के इर्द-गिर्द कुछ नंगे-अधनंगे बच्चे खेल रहे थे कौड़ी-कौड़ी। या काँच की गोली। करीब ही कुछ मुर्गियाँ, बकरियाँ इधर-उधर अभी भी चारे की तलाश में भटक रही थीं। झोंपड़ी के नजदीक मिट्टी के चूल्हों पर सिंकती रोटियों की सोंधी महक उसके नथुनों से टकराई तो खाली पेट में भूख अँगड़ाई लेकर जाग पड़ी और भींचने लगी उसकी अँतड़ियों को मुट्ठी में। उसकी आँखें छलक पड़ीं। उससे अच्छी जिन्दगी तो ये भिखमंगे जी रहे हैं। जो है उसे नियति मानकर खुश हैं। सहज हैं। वे किसी के आगे हाथ पसार सकते हैं। लेकिन उसकी शिक्षा ही अभिशाप बन गई है उसके लिए। कैसी विडम्बना है, नौकरी उसे मिल नहीं रही और भीख वह माँग नहीं सकता और यथास्थिति भी स्वीकार नहीं कर रहा उसका मन।

रात की स्याही बाँहें पसारे समेटने लगी उजास का अस्तित्व। झुग्गियों में लालटेनें, ढिबरियाँ रौशन होने लगीं। तब जाकर कहीं बेमन से वह लौटा अपने बसेरे की ओर। सीलनजदा, बोसीदा बसेरा। दिन में भी जहाँ रात होने का गुमान होता था।

इनसान लाख चुप रहे, उसका हुलिया, उसकी मन:स्थिति मनोभावों की चुगली खा बैठती है। उसके बढ़े हुए बेतरतीब बाल। बगैर तराशे हुए नाखून, बढ़ी हुई दाढ़ी। बिना इस्त्री किये तुड़े-मुड़े कपड़े। कुछ भी तो मेल नहीं खा

रहा था उसकी अपेक्षाओं से। सपनों से। अरमानों की शक्ल से। जैसे पतझर का मौसम बजिद ठहर गया हो उसके इर्द-गिर्द। उसके अस्तित्व पर। तन पर। मन पर और सारे माहौल पर...

उसने महसूस किया। भीड़ में चलते हुए भीड़ का हिस्सा तो हुआ जा सकता है किन्तु अपने अन्तर्मन में उठते हुए भाव ज्वार से स्वयं को विस्मृत नहीं किया जा सकता। नहीं खोया जा सकता। कहाँ खो पाया है वह भी वर्षों इस भीड़ का हिस्सा होते हुए स्वयं को? कहाँ बना पाया या छुपा पाया है अपनी पुरानी पहचान। कहाँ बरी हो पाया है जाति, परिवार, समाज या अभिभावक सम्बन्धी पड़ताल से। मात्र समय भाग रहा है। इनसान आज भी बँधा हुआ है जातियों, खानदानों के खूँटे से। कितने गर्व से बखानते हैं लोग अपने नाम के साथ जुड़े दुमछल्लों को जैसे इन दुमछल्लों के यहाँ पैदा होने में इनका ही कमाल हो। उनके नाम के साथ लगे दुमछल्लों से जुड़कर वे महान बन गए हों।

बहुत देर तक नींद उसकी पलकों से खेलती रही लुका-छिपी। उसे बहलाने, फुसलाने का उसका सारा प्रयास निष्फल होता रहा। भूख अँतड़ियों को मथती रही। भविष्य भयावना रूप धरे डराता रहा। उसकी खुली आँखों में खारा समुन्दर उमड़ आया। पशु-पक्षी भी अपने अंडों को सेते हैं। बच्चों को पालते हैं। भूखे-प्यासे रहकर कितने उद्यम करके। अपनी चोंच से उन्हें सहलाते, दुलारते हैं। दाना चुगाते हैं। स्वयं आगे आकर आपदा-विपदा से उन्हें बचाते हैं। वह तो मानव की सन्तान है। सृष्टि की श्रेष्ठतम विचारवान, प्रज्ञावान कहे जाने वाले प्राणी की। पुनः इस काल कारागार में क्यों पड़ा है स्नेहहीन। वंश, गोत्र-विहीन? संघर्ष कर किनारे तक आकर भी जाति और अभाव के ज्वार द्वारा धकेल दिया जा रहा है मझधार में और जाता रहेगा सदा। वंश, गोत्र की पूँछ बिना कैसे आकर्षित करेगा वह किसी पुच्छल्ला को अपनी ओर?

किन्तु मजबूरी...प्राइवेट नौकरी की उम्मीद लिये निकल पड़ा वह ठाठें मारते इनसानों के समन्दर में। किसी दुकान, फार्म, ऑफिस में स्थायी, अस्थायी नौकरी उसे अपनी साँसों को बचाने के लिए साँस जितनी ही जरूरी थी। सरकारी नौकरी की आस भस्म हो चुकी थी। रोज की तरह आज भी

दोपहर से शाम होने को आई परन्तु कहीं बात नहीं बनी। पेड़ों के साये लम्बे होने लगे। पश्चिमी क्षितिज को रक्ताभ करता सूर्य विश्राम की तैयारी कर रहा था। दिन भर भटकने के बाद परिन्दे भी अपने घोंसलों की जानिब लौटने लगे थे। लेकिन अपने बोशीदा कमरे में लौटने को उसे जल्दी नहीं थी। व्यस्तता न हो तो तन्हाई का स्वरूप कुछ अधिक ही भयावह हो जाता है। उसे लगा।

मन की हार, उदासी, थकन बन उसके पैरों को जकड़ने लगी। भूख की शिद्दत से कदम शिथिल होते महसूस हुए। ऐसी कोई जगह होती जहाँ वह सकून के चन्द पल गुजार सकता। उसकी इच्छा हुई। और बेइख्तियार उसके पाँव पास ही स्थित छोटे से मन्दिर की ओर बढ़ गए। पीपल की विशाल छाया में स्थित मन्दिर के अन्दर सिन्दूरी आभा बिखेरते, गदा धारण किये बजरंग बली बिराजमान थे। अगरबत्तियों के सुगन्धित फैलते हुए धुएँ। श्रद्धालुओं की अपार भीड़। प्रसाद और रुपये का चढ़ता चढ़ावा...। प्रसादस्वरूप बँटते इलायची-दाने...पेड़े।

सरकता हुआ वह भीड़ में मिल गया। आज मंगलवार है शायद, उसने अनुमान लगाया। भीड़ भी यही साक्ष्य प्रस्तुत कर रही थी। अचानक उसकी नजर मन्दिर की चौखट के समीप आँखें बन्द किये, गोद में फाइल रखे बैठे एक नौजवान पर पड़ी। उसके दिल में कसक-सी उठी। जरूर नौकरी माँग रहा होगा? उसके जी में आया, जाकर उस युवक को झकझोर कर उठा दे। चीख-चीख कर कहे—"मूर्ख इनसान, जा भाग जा यहाँ से। किसी भी जगह सर पटकने या ऐड़ियाँ रगड़ने से कुछ नहीं होता। मन का भ्रम है या यह सब। असफल इनसानों की आस्था है यह सब। वर्षों मैं भी हर जगह माथा टेकता रहा। आशीष माँगता रहा हूँ। क्या प्राप्त हुआ मुझे? सब व्यर्थ रहा।" पर अपने आवेश पर काबू करते हुए वह असमंजस की स्थिति में...भीड़ में धीरे-धीरे सरकता रहा। फिर औचक उसके अन्दर जाने कैसी बेचैनी-सी उठी। शीघ्रता से वह कतार से निकला। झपटकर युवक के करीब पहुँच गया और उसका कन्धा पकड़ कर झकझोरते हुए बोला—"क्यों, नौकरी चाहिए तुम्हें?" और ठहाका मारकर हँस पड़ा—हा-हा-हा...जैसे कोई पागल अहमक हो।

युवक ने हड़बड़ाकर अपनी आँखें खोलीं। घबड़ाकर अपने पास खड़े ठहाके लगाते अजीब प्राणी की ओर देखा। कन्धों तक बिखरे बेतरतीब बाल। बढ़ी हुई दाढ़ी, मूँछ, बेढंगे कपड़े, चेहरे पर विचित्र सा भाव। अद्‌भुत... अलौकिक...अविश्वसनीय...कोई युवा संत है जो उसे उठा रहा है। अहो भाग्य उसका। तत्क्षण वह युवक उसके पैरों पर गिर पड़ा—

"बाबा आशीर्वाद चाहिए। दया कीजिए बाबा! नौकरी के लिए दौड़ते-भागते थक गया हूँ। कुछ सुझाई नहीं दे रहा। क्या करूँ? कहाँ जाऊँ। नौकरी नहीं मिली तो मेरा परिवार भूख से तड़प-तड़प कर मर जाएगा।" युवक बिलख पड़ा। उसकी आँखों में भी पानी तैर आया। नौकरी की तलाश में दर-दर भटकना। रोजगार और जीवन-यापन का कोई जरिया का न होना तथा जीवन और परिवार के भरण-पोषण का ख्वाब अधिकांश युवकों से किस तरह छीन रहा, उनकी उम्र और ध्वस्त कर रहा उनकी उमंग, आशा व धैर्य इसका भुक्तभोगी था वह। परन्तु इसका तो परिवार भी है। सोचकर फटने लगा उसका हृदय पीड़ा से।

किन्तु आस-पास खड़ी भीड़ को न उसके मनोभाव की समझ थी न अभाव की। वह तो उसकी हरकत से हैरान-परेशान थी। उनके बीच चेमगोइयाँ भी शुरू हो गई थीं—

"जरूर कोई पहुँचे हुए संत हैं।"

"इस उम्र में यह बैराग।"

"तप की कैसी आभा है चेहरे पर?"

"आशीर्वाद लो, कहीं बाबा अन्तर्धान न हो जाएँ।"

"शोभा, जल्दी करो।"

"अरे रमा, तुम भी आगे बढ़ो।"

ये तमाम सरगोशियाँ उसके कानों तक पहुँच रही थीं। लोगों की इस मूर्खता पर वह मन-ही-मन हँसा। फिर आहिस्ता से नीचे झुका। अपने जकड़े पैरों को युवक के हाथों से आजाद कर वहाँ से चलने को उद्यत हुआ तभी उसे सर में जोरों का चक्कर सा अनुभव हुआ। और उसने लाख सँभलने की कोशिश की पर सफल नहीं हो सका और उसकी चेतना जाती रही।

दुनिया की आश्चर्यजनक घटनाएँ शायद इसी प्रकार घटित होती हैं, औचक और अप्रत्याशित...सोचों-विचारों से परे। अब वह मन्दिर का मुख्य पुजारी है। पास ही उसका आलीशान आवास बन चुका है हर तरह की सुख-सुविधा से युक्त। छोटे से मन्दिर का भव्य कायाकल्प हो चुका है। इसके निर्माण में भक्तों, दानवीरों ने हृदय खोलकर दान-दौड़ में भाग लिया है। दर्शनार्थियों का ताँता-सा लगा रहता है हर समय और वर्षाधार की तरह बरसते चढ़ावे में ऊब-डूब करता वह जब भी यह श्लोक पढ़ता है—

"सकल पदारथ है जग माहीं, कर्महीन नर पावत नाहीं।" उसके होंठों पर व्यंग्यात्मक मुस्कान थिरक उठती है। सोचता है इस श्लोक में थोड़ा सुधार कर इस प्रकार पढ़े—कर्महीन नर ही आज के समय में पा रहा है सब कुछ। उसे ही देखो जब कर्म के प्रति सजग, सचेष्ट, समर्पित था कोई तवज्जो तक देने को तैयार नहीं था। मेहनत से पाई गई उसकी डिग्री उन्हें नजर नहीं आती थी। हिकारत भरी नजरों से देखते थे ये लोग डिग्री और दुमछल्ले के बगैर उसके नाम और उसकी ओर...जैसे नौकरी नहीं कर्ज माँगने आया हूँ उनके पास। स्नातक की डिग्री क्या एक चपरासी बनने योग्य भी नहीं है इस देश में? तब ग्लानि से भर उठता था उसका मन। उसके बाद दरियाफ्त करते वंश, पुच्छल्ला...। पैसे-पैसे को मोहताज था। फिर भी रहम नहीं आ रहा था किसी को।

और आज सारे कर्मवान हाजिरी लगाते हैं मेरे दर पर। पाँव छूते हैं, बिना वंश-जाति पूछे। आशीर्वाद माँगते हैं। अपने खुशहाल जीवन का। पुत्र के उज्ज्वल भविष्य का। पुत्रियों के लिए अच्छे घर-वर का। नौकरी में तरक्की का। देता भी हूँ पर शब्दों की बाजीगरी के साथ—"इक्यावन शनिवार को प्रातः पीपल में भक्तिभाव से जल चढ़ाना है, क्रम भंग नहीं हो। उसके बाद यथाशक्ति मन्दिर में दान-दक्षिणा देना है। यदि क्रम भंग हुआ तो कार्य सिद्धि में सन्देह होगा।"

"नौकरी? अभी नहीं मिल सकती। क्रूर मंगल की दशा चल रही है तुम्हारी। सात रत्ती का मूँगा धरण करो। इक्कीस मंगलवार को बजरंगबली पर प्रसाद चढ़ाओ।..."

“पुत्र रत्न...की प्राप्ति अवश्य होगी। समयावधि क्या होगी, गोपन है। मन्दिर में दान-दक्षिणा करते रहिए। बजरंगबली के प्रताप से आपकी मनोकामना शीघ्र पूर्ण होगी।”

वह जानता है वर्षों प्रतीक्षा के बाद जातक वैसे ही थक कर पस्त हो जाता है और उसे अपनी ही भक्तिभाव में...त्रुटि अनुभव होने लगती है। किन्तु तथाकथित साधु-संतों के वचनों को झूठ कहने की शक्ति इस देश के अभावग्रस्त आम क्या खास व्यक्ति में भी नहीं है। उनकी यही कमी, कमजोरी सच्चों को भी गुमराह होने पर मजबूर करती है। मिथ्या शक्तियों को बढ़ावा देती है और देती रहेगी। सदा...सर्वदा...। सोचकर वह मुस्कुराता है, पीड़ा भरी मुस्कान...। चेहरे पर चेहरा चढ़ाकर जीना...कैसा जीना है यह...। ऐसे जीवन की तो कल्पना तक नहीं की थी उसने कभी...पर जी रहा है रोज एक ग्लानि की मौत मर-मर कर...।

प्रायश्चित्त

फूलो का गाल आज फिर फूला हुआ था। सूजन की वजह उसकी आँख के चारों ओर स्याह घेरा बन गया था जिससे दाईं आँख बन्द-सी हो गई थी। सूजी हुई आँख को वह रह-रह कर आँचल के कोर से ढक रही थी। यह कोई पहला अवसर नहीं था जब उसका चेहरा फूला हुआ हो। महीने-दो महीने में अक्सर ऐसा देखने को मिल जाता जब वह सूजा हुआ मुँह और बन्द आँखों को छुपाने का प्रयास करती डगरा व झाड़ू का गट्ठर लिये आ खड़ी होती हमारी हवेली में। लेकिन माँ के लाख पूछने के बावजूद सूजन का कारण कभी नहीं बताया उसने। और सभी को लगता कि यह कोई बीमारी होगी जो सर्दी-गर्मी से होती है, जुलपीठी की तरह की।

लम्बा कद, खूब गोरा-चिट्टा रंग, पतले हल्के गुलाबी होंठ और बिल्ली की तरह भूरी आँखों वाली फूलो के भवों के बीच गोदने का काला निशान खूब जँचता। नाक में सोने की हरी पत्थर जड़ी बड़ी-सी लौंग। पूरी कलाई रंग-बिरंगी चूड़ियों से भरी और सलीके से पहनी साफ-सुथरी साड़ी में वह अच्छे घर की मालूम देती। और बात करने का उसका ढंग, उठने-बैठने का तरीका उसकी छवि के प्रति दूसरी सोच पर आमादा करते। महीने में दो-तीन बार झाड़ू, डगरा का गट्ठर लिये वह जरूर फेरा लगा जाया करती हमारे गाँव का। डगरा झाड़ू बेचने के बाद बचा हुआ समय वह हमारे नौगोल के सहन में बिताती और दिन ढलने के बाद अपने गाँव लौटती। उससे हम लोगों को एक अनजाना-सा लगाव हो गया था। पता नहीं उसके सन्तुलित व्यवहार से

या हरदम खिलखिल कर हँसते रहने की आदत की वजह से। जब वह हँसती उसके मिसी लगे काले दाँत गोरे चेहरे पर बहुत भले लगते और उसकी बिलौरी आँखों के इर्द-गिर्द की चमड़ी में हल्की सी शिकन आ जाती। हँसते होंठों के साथ उसकी आँखें भी हँसती-सी लगतीं।

फूलो से फरमाइश कर शीलो दी, जो भइया से दो साल छोटी और मुझसे दो साल बड़ी थीं और चौथी क्लास में पढ़ने के बाद भी बड़े मनोयोग से अभी भी गुड़िया खेलती थीं। अपनी गुड़िया के दहेज में देने के लिए छोटी-छोटी डगरी और पिटारी बनवातीं और माँ से फूलो को ज्यादा चावल देने का आग्रह करतीं। गाँव में बहुत सी चीजों की खरीद चावल व धान से ही होती थी उन दिनों। चार महीने बरसात को छोड़कर शेष महीने में वह कभी भी प्रकट हो जाया करती थी। उसे उदास या खामोश कभी किसी ने नहीं देखा।

हमारे और उसके गाँव के बीच पसहा नदी बहती थी। उथले पेट और चौड़ी पाट वाली। सीधे पहाड़ से आने वाली पसहा में पल-पल बाढ़ का खतरा बना रहता। अभी उसमें उतरो तो टखने तक पानी...अभी घुटनों तक...और पल भर में जाँघ तक। कितनों की बलि ले लेती यह हर साल बरसात में। बगैर उसे पार किये उधर के गाँव वालों को हाट, बाजार या डाक्टर, वैद्य तक नसीब नहीं होते। पेट की जरूरत से लेकर हारी-बीमारी तक के लिए उधर के तमाम गाँव वाले हमारे ही गाँव पर आश्रित थे। नदी के किनारे बसे तमाम गाँव वालों के प्राण हमेशा अधर में अटके रहते। कहते...बड़ी छलना है यह पसहा...। पहाड़ से उछलती-कूदती आती है, जरा सा पाँव उठा नहीं कि दबोच लेती है अपनी गोद में। उसकी उच्छृंखलता का यह आलम था कि कितने ही पुल बने उस पर किसी को भी साबुत नहीं रहने देती थी। बरसात आने से पहले ही गाँव वाले तीन माह के खाने लायक अन्न और जलावन संयत कर रख लेते। पर जिन्हें अन्न और जलावन रखने का सामर्थ्य नहीं था और न जगह उनके लिए बरसात अजाब बन कर आती। जेठ माह के बीतते ही वे वैसे ही बेचैन हो उठते जैसे भूकम्प की आहट से थान पर बँधे मवेशी और उसी के साथ बढ़ जाती फूलो की शिकायतें भी...बरसात की...बाढ़ की...रास्तों के बन्द हो

जाने की...और अपने ही गाँव में कैद होकर रह जाने की। जाने इन सारे दुखों में सबसे अधिक दुख उसे किसका होता।

ज्योंही बरसात समाप्त होती...खंजन पक्षी की तरह वह फौरन नमूदार हो जाती डगरा व झाड़ू का गट्ठर उठाए। बाँस की पतली-पतली सींकों से बनी झाड़ू और महीन खपच्चियों से बने खूबसूरत डगरे। बड़े मनोयोग से बनाए हुए। जैसे सारा हुनर उड़ेल दिया हो उसने अपना बाँस के एक-एक खपच्ची में। तभी तो गाँव के हर घर में उसी के डगरे की माँग थी। बाकी डगरेवालियाँ गट्ठर उठाए फेरी लगाती रहतीं, कुढ़तीं, भुनभुनातीं फूलो पर और गट्ठर लिये लौट जातीं। कोई जरूरत की मारी ही खरीदती दूसरों से डगरा। माँ कहतीं... फूलो बाँस की खपच्चियों में जान डाल देती है। बाकी तो जैसे घोड़े पर सवार हो बनाती हैं डगरा।

हमारा गाँव छोटे से कस्बे की तरह था जहाँ जरूरत की कमोबेश हर चीजें आसानी से मिल जाया करती थीं। सप्ताह में शुक्र व सोमवार को बड़ा हाट लगता। हाट में आस-पास के गाँव वाले भी साग, सब्जी तथा फल, मूल आदि बेचने आते और अपनी जरूरत की चीजें खरीदते। रेडिमेड कपड़े, दवा, पंसारी के सामान, मांस, मछली तथा टोकरा, टोकरी तक। फूलो भी डगरा, झाड़ू बेचने के बाद खरीदारी करके ही अपने गाँव लौटती।

फूलो के व्यक्तित्व को लेकर हम भाई-बहन में काफी मतभेद था। बहन उसे वही मानती जो वह थी लेकिन हम दोनों भाइयों के लिए वह 'कुछ' और थी पर क्या, पता नहीं था। पर वह, वह नहीं थी। हम यकीन से कह सकते थे। यह हमारी छठी इन्द्रिय का कमाल था जो झूठा हो ही नहीं सकता था। उन दिनों हम लोग छुप-छुप कर जासूसी किताबें पढ़ा करते थे और हमारी पैनी नजरें हर चीज के दो मानी तलाश करती रहतीं। शीलो दी तंग रहती हम लोगों की नुक्ताचीनी से। कोफ्त होती, कहतीं..."अब हवा में भी तुम लोग रंग और गंध ढूँढ़ोगे। फालतू किताबें पढ़ते रहते हो पिताजी की आलमारी से चुराकर। तुम लोगों का कुछ नहीं हो सकता। सीधी-सादी औरत में जाने क्या-क्या तलाशते रहते हो।" बहन के लाख हमारी समझ पर लानत भेजने के बावजूद न हमने

उसे कभी सीधी-सादी माना और न बहन ने ही कुछ और। उसके व्यक्तित्व पर हमारी बहस होती रही।

और सब घरों में उसे अछूत माना जाता था। माँ उसे बाहरी आँगन तक आने देतीं। छाँव में बैठातीं और हमेशा उसे चिउड़ा, भूजा, मिरची का भरवाँ अचार या नमक-प्याज खाने को देतीं। चाँपाकल का शीतल जल पिलातीं। यह उसका विराम होता और माँ, चाची का समाचार सुनने का वक्त। खाने के दरमियान वह जिस-जिस गाँव, टोले या घरों में डगरा-झाड़ू बेचने जाती वहाँ की ढेरों बातें सुनाती रहती। माँ, चाची को तो जैसे सिंहासन बत्तीसी की पुतली मिल गई थी फूलो के रूप में गाँव-जवार की खबर बताने वाली। चाची तो उस पर ऐसे मेहरबान थीं कि आए दिन अपनी कोई पुरानी साड़ी, ब्लाउज या फिर नेलपालिश देती रहतीं। पर जब कभी माँ या चाची उससे उसके बाल- बच्चों के बारे में कुछ पूछतीं वह झट किसी कुशल अभिनेत्री की तरह बातों का रुख दूसरी ओर मोड़ देती या फिर कोई काम याद आने का बहाना कर उठकर चल देती।

आज फूलो खूब खुश नजर आ रही थी। सहन में पाँव पसारकर खूब लहक-लहक कर पड़ोस के गाँव में आई बारात का किस्सा सुना रही थी। किस्सा खत्म कर अचानक बोली—

"माँ जी, बबुनी की शादी में हमहूँ गीत गायम।"

"तुझे शादी का गीत आता है?" हँसते हुए माँ ने पूछा। वैसे माँ को पता था ये लोग खूब तेज आवाज में गीत गाती हैं। उन्होंने देखा था खेत की रोपनी की सुधानी के दिन मजदूरिनें जोश-खरोश के साथ गाते हुए दरवाजे पर आती थीं और गोल-गोल घूमकर या एक-दूसरे के गले में बाँहें डालकर गाती रहतीं बिना थके। शायद उन्हीं गीतों के बारे में फूलो कह रही होगी।

"हाँ माँ जी, आता है न, सहाना, समझउनी, स्वागत का, कन्यादान का आउर कोहबर का।" फूलो ने कहा तो चौंककर माँ ने उसकी ओर देखा... जैसे दुनिया का बारहवाँ आश्चर्य देख रही हों।

"ये सहाना, समझउनी और स्वागत गान...कहाँ से सीखा तुमने? खैर

छोड़ो, एक गीत बानगी के लिए सुनाओ।" माँ ने बात बदल दी थी। उन्हें लगा था रोना और गाना तो सभी को आता है।

हाँ माँ जी, सुनीं एगो सहाना—

कौने गरहनवा हो बाबा दिन दुपहरिया, कौने गरहनवा आधी रात,
कौने गरहनवा हो बाबा तोहरा जे लागल, कब होइएँ उगरीन तोहार?
सूरज गरहनवा हो बेटी दिन दुपहरिया, चाँद गरहनवा आधी रात,
तोहरे गरहनवा हो बेटी हमरा जे लागल कब होइए उगरीन हमार।

फूलो तन्मयता से बिलकुल लय में गा रही थी और माँ, चाची का मुँह आश्चर्य से फैलता जा रहा था। जब माँ को बरदाश्त नहीं हुआ तो वे उसे टोक बैठीं—

"अरे, क्या तुम लोग भी यह गीत गाती हो?"

टोकने पर फूलो ब्रेक लगे किसी गाड़ी की तरह अचानक चुप हो गई और हकलाते हुए बोली—

"माँ जी...वो...वो...यह गीत अभिये याद आ गइल हए।"

"सच-सच बताना फूलो, तुम अपनी जात से तनिक भी मेल नहीं खातीं।" चाची ने पूछा।

सुनकर फूलो खूब हँसी थी। हँसते-हँसते उसकी आँखों में पानी भर आया था। बहुत देर बाद आँखों को आँचल के कोरों से पोंछती संयत होती बोली थी—

"जात-पात का कपाल पर लिखल होत हए माँ जी, भगवान करता जात भी कपाल पर लिख देता।" और एक लम्बी साँस लेकर वह उठी, झाड़ू का गट्ठर उठाया और चली गई थी। और उस दिन उसके व्यक्तित्व से हटकर उसकी जाति पर बहस छिड़ गई थी हम बहन-भाइयों के बीच। बड़े भइया, जो खुद को बहुत अक्लमन्द समझते थे, उनके अनुमान से फूलो उस जाति की नहीं थी जहाँ से वह आती थी। दीदी का कहना था ऐसा सम्भव नहीं कि दूसरी जाति का होकर वह उस जमात का हिस्सा बने। और मैं भइया से सहमत था।

उस दिन के बाद दोनों भाई, जो बारहा जासूसी उपन्यास पढ़कर और

खुद को उन जासूसों की जगह रखकर हर बाल की खाल निकालने के आदी हो चले थे, इसी ताक में रहने लगे कि देखें कब हम लोगों का अनुमान सही होता है। कभी-कभी खीज भी होती अपनी असहायता पर कि उसके गाँव जा नहीं सकते थे। महज तीन-चार किलोमीटर की दूरी पर स्थित उसका गाँव हमारे लिए पर्वत जितना दूर था। वहाँ जाते किसी ने देख लिया तो फौरन बात पिताजी तक पहुँच जाती फिर तो शामत आ जाती हमारी। शान्त दिखने वाले पिताजी जितना प्यार करते थे हम लोगों से गलत बात पर उतना ही क्रोधित हो उठते थे। और फूलो तो कुछ बताने से रही। दीदी भी शर्त लगाए बैठी थी—"हारने वाला जीतने वाले को एक किलो मिठाई खिलाएगा।" "मिठाई खिलाना बड़ी बात नहीं है, शर्म की बात है हारना।" भइया का कहना था। बस तभी से मैं उनके असिस्टेंट के रूप में तैनात हो गया था। अब जब भी फूलो आती मेरे कान खड़े हो जाते। काम का बहाना कर मैं उसके इर्द-गिर्द ही मँडराता रहता ताकि माँ या चाची से बातों के दौरान कोई सुराग हाथ लग जाए।

जाड़े की गुनगुनी दोपहर थी। छुट्टी का दिन होने की वजह से सहन में बैठे हम भाई-बहन कैरम खेल रहे थे। तभी फूलो आती दिखी। बरसात नहीं रहने पर भी इस बार वह बहुत दिनों से नहीं आई थी। आज उसकी चाल में वह मस्ती नहीं थी जो और दिनों हुआ करती थी और उसका चेहरा फिर सूजा हुआ था।

आहिस्ता कदमों से वह दरवाजे तक आकर ठिठकी और पूछा—

"बबुआ, माँजी बानी?"

"हाँ, हैं।"

"तनी उनका बुला दीं।" उसके कहते ही खेल छोड़कर मैं अन्दर दौड़ा। माँ नीचे नहीं थीं...शायद छत पर हों। सीढ़ियाँ फलाँगता मैं ऊपर पहुँचा और हाँफते हुए जोर से बोला—

"माँ-माँ...फूलो आई है।" माँ ने मेरी उखड़ी साँसों की ओर अचरज से देखा और झिड़कते हुए बोलीं—

"फूलो आई है तो इसमें इतना उतावला होने की क्या बात है?" माँ की झिड़की पर मैं सकपका गया। फिर साँसों पर काबू पाते हुए बोला—

"उसका मुँह बहुत सूजा हुआ है, आपको बुला रही है।"

"अच्छा चलो मैं आ रही हूँ।"

फूलो का मुँह सूजा हुआ ही नहीं था पूरे चेहरे पर बुरी तरह चोट लगी थी। कहीं-कहीं से खून भी रिस रहा था।

"अरे, ये गाल और माथे पर चोट कैसे लगी?" माँ ने पूछा। वह चुप रही। माँ ने बिरजू को आवाज दिया और बोलीं—"वो लाल वाली दवा और रुई तो लाना।" फिर फूलो से बोलीं—

"अरे बैठो न, कहीं गिर-विर गई हो?" माँ बेचैन हो उठी थीं जैसे हम लोगों को चोट लगने पर हो जाया करती थीं। माँ के आत्मीय शब्दों से फूलो के मन का बाँध टूट गया। वह बेइख्तियार हिचकियाँ लेकर रोने लगी। माँ चुप रहीं। उसे रो लेने दिया।

"हम गिरी नाहीं हैं माँ जी।" कहकर वह सुबकती रही...।

"फिर यह चोट...?" माँ ने ताज्जुब से पूछा।

सिसकते हुए वह बोली—

"कल उ कसाई मरदवा हमरा के जानवर के तरह मारलख।"

"कौन मरदवा फूलो?"

"हमर मरदावा...आउर कौन?" कहकर वह फिर रोने लगी और हम लोग अवाक् से उसे ताक रहे थे एक दूसरे को। आज का उसका रवैया... एक बच्ची की तरह हिलक-हिलक कर रोना...उसके व्यक्तित्व से जरा भी मेल नहीं खा रहा था। कहाँ हमेशा खी-खी...कर हँसने वाली फूलो और कहाँ यह रोना-बिसूरना...।

"इतने बेरहमी से क्यों मारा उसने तुम्हें? वह मर्द है या राक्षस?" आक्रोश से माँ ने कहा और लाल दवा को रुई में भिगोकर उसे देते हुए बोली—

"लो, इसे लगा लो।"

"पूरा साक्षस है माँ जी राक्षस...।" सिसकते हुए वह जख्म पर दवा लगाने लगी...फिर उसके जलन से आह...ऊह...करने लगी।

"तुमने बताया नहीं इस तरह उसने क्यों मारा तुम्हें?" माँ ने गुस्से से पूछा।

फूलो कुछ देर चुप रही। शायद असमंजस में थी, कहे, ना कहे।

"कुछ ना माँ जी, ई सब हमरे करम के लेख हए।"

"ये कैसी बात हुई भला...उसने तुम्हें इस बुरी तरह मारा है और तुम इसे करम का लेख कह रही हो?" गुस्से से माँ फट पड़ीं।

"कल ओकरा बेटा के तनी सा डाँट का देनी, बस हो गइल गुस्सा... आउर धुन देलख डंडा उठा के रुई लेखा।"

"उसका बेटा, क्या कह रही हो, उसका बेटा क्या तुम्हारा बेटा नहीं है? माँ क्या अपने बच्चे को मार नहीं सकती?" हैरानी से माँ ने पूछा।

"ना माँ जी, ओकर बेटा सिरफ ओकर हए हम त बस..." और फिर जैसे उसे कुछ याद आ गया। फौरन वह उठी और चल दी बात अधूरी छोड़कर।

उसके इस तरह चले जाने से परेशान माँ ने चाची से कहा—

"लगता है इसे बच्चा नहीं हुआ तो इसके पति ने दूसरी शादी कर ली है। सौतन और मर्द के व्यवहार से दुखी है बेचारी।"

पर हम लोगों को फिर जबरदस्त मायूसी हाथ लगी थी। दीदी ने उपहासपूर्ण निगाहों से हमारी तरफ देखा तो हम लोगों ने नजरें झुका लीं और खेलने में व्यस्त होने का बहाना करने लगे। फूलो हमारे लिए तिलिस्म की तरह होती जा रही थी जिसके भीतर बहुत से रहस्य छुपे होते हैं।

जैसे-जैसे फूलो के बालों में सफेदी आती गई, हम लोग भी निकर छोड़ फुलपैंट और पाजामे में घुसते गए। स्लेट, पेंसिल छूट गए। सनीचरा पूजा छूट गई और छूट गया था भरी क्लास में मुर्गा बनना। दीदी भी स्कर्ट-ब्लाउज की जगह सलवार-समीज पहनने लगी थीं। माँ के बालों में भी चाँदी के तार झिलमिलाने लगे थे और चाची ने भी गाढ़ी लिपस्टिक लगाना छोड़ दिया था। बालों में सफेदी के साथ फूलो के चेहरे पर झाँइयों ने भी बसेरा कर लिया था। पर नहीं बदली थी तो फूलो की हँसी।

गाँव के स्कूल से निकलकर हम शहर के हाईस्कूल में पहुँच गए थे और हॉस्टल की संस्कृति को मजबूत कर रहे थे और दुनिया को रंग-बिरंगी नजरों से देखने लगे थे। हमारी सोचों में होश और वाणी में जोश आ गया था

पर कभी-कभी दुख होता याद कर कि लाख कोशिशों के बावजूद फूलो रूपी तिलिस्म का एक कोना तक नहीं ढहा सके थे। वह आज भी चन्द्रकान्ता संतति का चौथा हिस्सा बनी हुई थी जिसका दुर्गम स्थल हमारी पहुँच से बहुत दूर था। बस अपनी हार का जिक्र दोनों भाई कर लेते अफसोस के साथ। दीदी अलग लड़कियों के हॉस्टल में थीं।

गर्मी की छुट्टियों में हम भाई-बहन गाँव आए हुए थे। परसों सुबह माँ को मायके जाना था मामा की लड़की की शादी में। मामी की खास हिदायत थी माँ को कि "फूलो के हाथ का बना दस डगरा लेके आइएगा ननद जी।" और फूलो थी कि दम साधे बैठी थी। उसे याद भी है या नहीं कि? भुलक्कड़ तो वह है नहीं। फिर क्या बात है। आज तक ऐसा कभी नहीं हुआ जब ऑर्डर लेकर समय पर वह डगरा लेकर नहीं आई हो।

बार-बार यही रट लगाती माँ, आँगन से दरवाजे तक आ-जा रही थीं। सारा सामान बँधा पड़ा था। डगरा नहीं आया अभी तक। क्या कहेंगी भाभी लोग...एक ही तो फरमाइश की थी, वह भी ननद जी से पूरी नहीं हुई। बरामदे में बैठे हम लोग माँ की बेचैनी से लुत्फ उठा रहे थे। तभी एक औरत डगरा लिये आती दिखी—"माँ-माँ...कोई औरत डगरा लिये आ रही है।" मैंने जोर से कहा। माँ खुश हो गईं। उन्हें लगा जरूर फूलो ही होगी। उसे फटकार लगाने और डगरा आ जाने की आश्वस्ति के साथ झपटकर वे दरवाजे पर आईं पर फूलो की जगह किसी और को देखकर झुँझला पड़ीं—

"कौन हो तुम? नहीं लेना है हमें डगरा।"

"हम फूलो के गाँव से आई हैं माँ जी।"

"फूलो के गाँव से?"

"जी, माँ जी।"

"फूलो कहाँ है, वह क्यों नहीं आ रही? उसे दस डगरा देने को कहा था। अभी तक नहीं आई लेकर। तुम से कुछ कहा उसने?"

माँ के इतने सारे सवालों की बौछार से परेशान हो उठी वह औरत। डगरे का गट्ठर उतारकर दरवाजे के अन्दर रखा और बैठते हुए बोली...

"उसी के डगरे हैं माँ जी, उसी ने भिजवाए हैं।"

"परन्तु वह क्यों नहीं आई?" माँ की झुँझलाहट अभी भी कम नहीं हुई थी।

"जिन्दा होती तो न आती माँ जी।" वह औरत बोली। उसकी आवाज भारी हो आई थी।

"क्या कहा?" चौंककर माँ ने पूछा।

"फूलो मर गई, माँ जी।" कहते-कहते उसका गला रुँध गया।

"हैं, फूलो मर गई, कब-कैसे?" हकलाते हुए माँ ने पूछा।

माँ की आवाज पर चाची और दीदी भी दरवाजे पर आ गईं। फूलो की मौत की खबर ने सभी को सदमे में डाल दिया था। किसी को यकीन नहीं हो रहा था कि फूलो मर गई, जैसे वह अमर प्राणी थी।

"दस दिन हो गए उसे मरे हुए। लालबकिया नदी में कूद गई थी।"

"लालबकिया में कूद गई? लालबकिया नदी तो यहाँ से बहुत दूर है, वह वहाँ कैसे पहुँच गई और कूद गई?" बैठती आवाज में माँ ने पूछा। फूलो जैसी जिन्दादिल औरत का यूँ मरना सभी के विश्वास को छल रहा था।

"उसका गाँव लालबकिया के पास ही था न माँ जी।"

"क्या कह रही हो, उसका गाँव तो पसहा के किनारे भथनहिया है न?" ताज्जुब से माँ ने पूछा।

"ना माँ जी, उसका घर तो लालबकिया के पास था। अपनी बेटी के बिआह की बात सुनकर हमको दस डगरा दी और बोली, बड़ी हवेली में पहुँचा देना, मैं गाँव जा रही हूँ। पर उसके मरने की खबर सुनकर मुझे होश ही नहीं रहा दो-तीन दिन। इसीलिए विलम्ब हो गया आने में।"

"अगर उसका घर वहाँ था तो यहाँ क्यों रहती थी वह? यहाँ उसका मायका था क्या?"

"यहाँ वह उसी चांडाल मरद के साथ रहती थी जो उसको भगाकर ले आया था।" औरत आक्रोश से बोली।

"क्या वह...क्या कह रही हो तुम, वह भागकर आई थी पर क्यों...तुम लोगों में तो बचपन में ही ब्याह हो जाता है फिर यह भागने वाली बात...मेरी

समझ में नहीं आ रही?" माँ उलझन भरे शब्दों में बोलीं।

"हाँ माँ जी, हम सबके बिआह छठी के रात से लेकर दो-तीन साल में भी तय हो जाता है और हो भी जाता है पर वह तो...।" कहकर वह औरत औचक चुप हो गई थी। मेरे दिल में सुनामी जैसी हलचल होने लगी थी। विजयी नजरों से मैंने दीदी की ओर देखा...अब देखो कैसे सही होने जा रहा है हमारा अनुमान...पर दुख था तो इस बात का कि अभी यहाँ भैया मौजूद नहीं थे।

"वह तो क्या, चुप क्यों हो गई?" माँ ने अधीरता से पूछा।

"वह हमारी जात की नहीं थी माँ जी। ऊँची जात की थी। यह मरद उसके यहाँ हरवाही करता था। विधवा फूलो अपने दो छोटे बच्चे और बूढ़ी सास के साथ रहती थी। बहुत पैसा तथा खेती-बारी वाली थी वह। न जाने कैसे इस मरद के फेर में पड़ गई और ढेर सारा रुपया और गहना लेकर भाग आई इसके साथ।"

"ओह! तभी तो उसके बोलने-बतियाने के ढंग को देखकर ताज्जुब होता था।"

"हाँ माँजी, वह थी भी तो बहुत सुन्दर। यहाँ आने के बाद सच्चाई का पता चला उसे कि यह मरद तो शादीशुदा और तीन बच्चों का बाप है और उसकी औरत भी जिन्दा थी। यहीं तक नहीं जो परिचय देकर वह यहाँ लाया था उसे वह तो वह था ही नहीं। जो औरत लहसुन-प्याज को हाथ भी नहीं लगाती थी उसे यहाँ घोंघा, केकड़ा खाने को मिलता था। नहीं खाने पर बहुत मारता था यह मरद उसे। बहुत रोती थी फूलो पर रोने-धोने से क्या होने वाला था। पीछे लौटने के सारे रास्ते बन्द हो चुके थे उसके लिए। हारकर इसी को अपनी नियति मानकर सब्र कर लिया था उसने। तब भी यह मरद उसे गदहा की तरह मारता ही रहता था।"

"चली क्यों नहीं गई यहाँ से?"

"एक बार मैंने भी पूछी थी यह बात। बोली—कहाँ जाऊँ? इस दुनिया का बड़ा अनुभव हो गया है मुझे। क्या जरूरी है हर जगह ऐसा ही मरद नहीं मिलेगा और बिना मरद के इस संसार में औरत कहीं सुरक्षित नहीं है।"

“पर यह आदमी इतनी सुन्दर और सुघड़ औरत को इतना मारता क्यों था?”

“उसके रुपये और गहनों के लिए रोज झंझट करता था। फूलो के गहना और रुपया नहीं देने पर उसे घिसिया-घिसिया कर मारता था। इतना करने के बाद भी जब फूलो ने उसे कुछ नहीं दिया तो एक रात कुछ लोगों को ले आया था उसे बेचने के लिए। वह कितनी सुन्दर थी यह तो आपने भी देखा था?”

“कितना कमीना इनसान है यह?” गुस्से से माँ बोली।

“हाँ माँजी, कमीना तो वह है ही। उस रात अगर फूलो ने चिल्ला-चिल्ला कर टोलेवालों को इकट्ठा नहीं किया होता तो यह मरद उसे बेच चुका होता। उस दिन टोलेवालों पर उसका असली रूप उजागर हुआ था। लोगों ने उसके मरद को बहुत फटकारा था और अलग झोंपड़ी में फूलो के रहने की व्यवस्था कर दी थी। अलग झोंपड़ी में जाने के बाद उसने आस-पड़ोस की औरतों से डगरा और झाड़ू बनाना सीखा और उन्हें बेचकर अपना गुजर-बसर करने लगी। दिन-भर तो लोगों से बोल-बतियाकर अपना दुख भूल जाया करती पर रात में उसकी झोंपड़ी से रोज सिसकने की आवाज आती थी। अलग झोंपड़ी में जाने के बाद भी यह मरद उसे चैन से कहाँ रहने देता था। बराबर झगड़ा-झंझट करता रहता तथा मारता भी।”

“जब अपना कमा-खा रही थी तब क्यों मारता था उसे?”

“कहा ना उसके रुपये और गहनों के लिए।”

“क्यों नहीं दे दिया हरामी को सब। क्यों सहती रही इतना अत्याचार?” चाची ने पूछा। फूलो के दुखों ने उन्हें द्रवित कर दिया था।

“एक दिन मैंने पूछा भी था तो रोने लगी थी जार-जार...। फिर कुछ देर बाद सुबकते हुए बोली थी—“जब तक मेरे बच्चे बड़े नहीं हो जाते इसका सभी जुल्म सहूँगी। जब इसके साथ नसा गई हूँ तो काट लूँगी किसी तरह जीवन पर अपने बच्चों की अमानत इस राक्षस के हाथों में कभी नहीं दूँगी।” जाने कहाँ छुपाकर रखती थी वह रुपये और गहने जो उस मरद के हाथ नहीं लगा।”

“फिर अचानक उस गाँव में क्यों गई वह?”

“उसी गाँव में मेरी बहन रहती है। फूलो के ससुराल वाले उसका महाजन

हैं। मेरा बहिनपुत आया था वहाँ से, उसी ने बताया कि फूलो की बेटी का ब्याह हो रहा है। उस दिन वह पूरे समय गीत गाती रही और रात में खूब रोई कलेजा फाड़कर। सुबह दस बजे डगरा देकर यहाँ देने के लिए हिदायत किया मुझे कि आप तक पहुँचा दूँ और उसके बाद गायब हो गई।"

"फिर कब पता चला कि वह मर गई?" माँ के स्वर में उम्मीद झलक रही थी कि शायद वह अभी जिन्दा हो।

"मेरा बहिनपुत ही फिर आया था। उसी ने बतलाया कि फूलो उसी के घर ठहरी हुई थी। उसी से बेटे को खबर भिजवाई थी मिलने के लिए। पर उसके बेटे ने मिलने से साफ मना कर दिया यह कहते हुए कि 'क्यों चली आई उन लोगों को फिर बदनाम करने के लिए। पहले क्या कम बदनामी झेलनी पड़ी है। समाज में सर उठाकर चलने लायक नहीं छोड़ा था। अब क्या बहन की शादी भी नहीं होने देगी। कितनी मुश्किल से तो शादी तय हुई है।'

"सुनकर फूलो बहुत रोई थी। फिर सारा गहना और रुपया मेरे बहिनपुत के हवाले करके बोली थी—'इसे मेरे बेटा को दे देना। मैं उन लोगों को और दुख देने नहीं बल्कि प्रायश्चित्त करने आई थी अपने कर्मों का।' और लापता हो गई थी। कल को लालबकिया में उसकी लाश तैरती मिली थी। मेरे बहिनपुत ने ही उसका अन्तिम-संस्कार किया था।"

सुनकर सभी की आँखें भीग आईं। प्रायश्चित्त का ऐसा स्वरूप...हिलाकर रख दिया था सभी को। चन्द्रकान्ता सन्तति के चौथे हिस्से का तिलिस्म टूट चुका था पर उसके रहस्य के उजागर होने से कुछ नहीं हासिल हुआ था हमें दंश के सिवा। लगा था जरा-सी भूल का यह कैसा प्रायश्चित्त है जो इनसान को अपनी जान देकर चुकाना पड़ता है?

डेड वैली

"ऐ सीमी, तेरे बच्चों की शादी तो हो गई है न?" सिक्ता दी अचानक पूछती हैं।

अप्रैल के पहले हफ्ते की हल्की गर्म शाम। हम पार्क का चक्कर लगाकर बेंच पर बैठी थकान मिटा रही हैं। हम यानी मैं, सिक्ता दी और नीना। तीनों का एक साथ मिलना कभी-कभार ही होता है, वरना वाक के दौरान अक्सर हाय-हल्लो करती, चक्कर लगाती हम बाहर निकल जाया करती हैं। कभी सर्दी की सुबह में तो कभी गर्मी की शाम में। पार्क के चारों तरफ निश्चित दूरी पर बनी पुख्ता बेंचों पर दो-दो, तीन-तीन की संख्या में बैठे लोग या तो चुप हैं या परिचितता में खुद को बाँट, समेट रहे हैं। पार्क के कोनों पर प्रहरी की तरह खड़ी नियोन लाइटें अभी जली नहीं हैं।

"हाँ, पिछले साल ही तो दूसरे बेटे की शादी हुई है, आप तो आई ही थीं शादी में।" मैं उन्हें याद दिलाती हूँ। खीज भी होती है उन पर...उन्हें याद कैसे नहीं रहा।

"हाँ रे, याद आया। बड़ी प्यारी बहू थी तेरी, बिलकुल गुड़िया की तरह।" वे पुरजोश आवाज में कहती हैं फिर मायूस हो जाती हैं।

"अब अक्सर कुछ बातें याद नहीं रहतीं। बुरा मत मानना सीमी।" उनकी मद्धिम आवाज में भूलने का पछतावा घुल आया है। मेरा मन द्रवित हो उठता है उनकी अवस्था पर।

कहना चाहती हूँ, उम्र का तकाजा है यह। पत्र-पत्रिकाओं में पढ़ा है, बढ़ती उम्र में अलजाइमर का प्रभाव बढ़ जाता है। पर कहती नहीं। बढ़ती उम्र को

प्राय: लोग गाली की तरह लेते हैं यहाँ। मुझे लगता है, ऐसा नहीं होना चाहिए। जिन्दगी के एवरेस्ट को फतह करने के बाद मीलों ऊँचा और मुश्किल सफर, जद्दोजहद और आम कठिनाइयों को पार करने के बाद हासिल तजुर्बा बहुत मूल्यवान होता है। एवरेस्ट के नीचे खड़े होकर उसकी ऊँचाई और ऊँचाई से बौनी लगती निचाई का अनुमान नहीं लगाया जा सकता।

सिक्ता दी अब लगभग पचहत्तर साल की हो गई हैं। मशहूर सर्जन और स्त्री रोग विशेषज्ञ सिक्ता दी को रिटायर हुए भी पन्द्रह साल हो रहे हैं। पर उनकी चुस्ती-फुर्ती तथा चेहरे की कसावट से उम्र का अन्दाजा लगाना मुश्किल है। वाक करते समय आज भी वे ऐसे चलती हैं जैसे उनकी पीठ पर किसी ने रिवाल्वर भिड़ा रखा हो। कितने लोगों के टखने उखड़ चुके हैं उनकी बराबरी करने में।

"आपके बच्चे बाहर ही हैं न?" मैं उनसे पूछती हूँ।

मुझे मालूम है उनकी दोनों बेटियाँ दिल्ली में अपने डॉक्टर पतियों के पास और इकलौता डॉक्टर बेटा मुम्बई में सेटल है। यह सवाल यों ही औपचारिक है। बातों का सिलसिला जारी रखने के लिए।

"तुझे नहीं मालूम?" मेरे प्रश्न पर वे गुस्से से नहीं, आश्चर्य से पूछती हैं।

मालूम तो है पर सोचती हूँ यहाँ जो इतना बड़ा क्लीनिक है आपका तो कोई यहाँ रहने की सोचता ही होगा।"

"नहीं रे, दिल्ली, मुम्बई छोड़कर इस छोटे से शहर में कोई क्यों रहना चाहेगा?" वे कहती हैं। उनके शब्दों में शाम की उदासी का आभास होता है। नीना भी शायद ऐसा ही महसूस करती है। बहुत देर से चुप नीना एक अच्छे श्रोता की तरह हमारी बातें सुन रही थीं अब सजग होती कहती है—

"बच्चे जहाँ भी रहें, खुश रहें। हमें और क्या चाहिए। दूर हैं तो प्यार है दिलों में। जिनके बच्चे करीब हैं, वे भी कहाँ करीबी का एहसास कराते हैं। वहाँ और अधिक दूरियाँ हैं।"

नीना की बातें सिक्ता दी को अच्छी नहीं लगतीं शायद। वे तैश में कहती हैं—

"अरे छोड़, यह फलसफा है हारे हुए लोगों का। भोगने वालों का तजुर्बा

कुछ और ही है। इस अनुभव को वे कतई नहीं समझ सकते जिन्हें इसका अनुभव न हो।"

कुछ देर चुप्पी पसर जाती है हमारे बीच।

पार्क में भीड़ बढ़ गई है। ज्यादातर उम्र के दूसरे या आखिरी पायदान पर अटके या लटके लोग...सुस्त लड़खड़ाते कदमों को छड़ी के सहारे से सन्तुलित करते। उदास चेहरे...पोपले मुँह लिये जिन्हें नीना डेड वैली की बड़ी-बड़ी कब्रों से निकली आत्माएँ कहती है।

डेड वैली...? पहली बार उसके मुँह से यह नाम सुनकर बेहद ताज्जुब हुआ था मुझे। पति के इस शहर में तबादले के बाद आशियाने की खोज में भटकती मुझ परेशान हाल को सस्ता, सुन्दर और टिकाऊ मुहावरे के साथ लोगों ने पाटलिपुत्र मुहल्ले का नाम सुझाया था कि मुख्य शहर से आधे किराए में दुगुना एरिया मिल जाएगा वहाँ।

मैं खुश हो गई थी। मुख्य शहर से थोड़ी दूर ही सही पर दुगुने एरिया का सवाल था सो नीना से आग्रह किया मैंने इस खोजी अभियान में पाटलिपुत्र तक साथ चलने के लिए। सुनकर ठहाका मारकर हँसी थी वह...

"तो तुम डेड वैली में रहना चाहती हो?"

साँसें हमवार होने पर उसने पूछा था।

चौंक गई थी मैं पाटलिपुत्र कॉलोनी के इस नये नामकरण पर। पाटलिपुत्र कॉलोनी, जो कभी पटना की पॉश कॉलोनी मानी जाती थी। उसका यह नाम...? तब नीना ने इस नामकरण का विश्लेषण करते हुए विस्तार से बताया था कि...कैसे ऊँची-ऊँची चारदीवारियों से घिरे, चौड़े-चिकने रास्तों, डिजाइनदार बड़े-बड़े बँगलों तथा खूबसूरत रंग-बिरंगे फूलों और हरे-भरे लॉन के दरमियान कभी जोरदार ठहाके और किलकारियाँ गूँजा करती थीं। अब उन उदास बेरंग प्लास्टर झड़ती चारदीवारियों के अन्दर कहीं एकाध नौकर, कुत्ते या जोड़ी बिछड़े बूढ़े या बूढ़ी अभिशप्त आत्मा की तरह भटकती, डोलती नजर आती है।

किलकारियाँ समेटे उनके बच्चे परिंदों की तरह जाने कहाँ-कहाँ अपना घोंसला आबाद किये बैठे हैं। शोभा या शो के लिए लगाए गए पेड़-पौधे

बुढ़ाकर अपने रोंयें झाड़ने लगे हैं। उन कब्रों को गुलजार करते हैं तो सिर्फ परिंदे जिनका उन पेड़ों पर घोंसला आबाद है। और नीना के प्रयास से ही नए आबाद होते पाटलिपुत्र कॉलोनी में एक घर मिल गया था मुझे...।

"तुम्हारा लड़का कहाँ है नीना?" सिक्ता दी नीना से पूछती हैं तो मुझे लगता है हमउम्र के उस पड़ाव पर हैं कि खुद को भूल गए हैं। गुफ्तगू का केन्द्र सिर्फ बच्चे रह गए हैं। नीना मुझसे दो-तीन साल छोटी है और सिक्ता दी लगभग पन्द्रह-सोलह साल बड़ी। परन्तु उम्र के एक, दो और सातवें, आठवें पायदान पर खड़े हम मुसाफिरों की नियति एक ही है।

"चेन्नई में साफ्टवेयर इंजीनियर है। इसी वर्ष तो नौकरी लगी है उसकी बहुत बड़ी कम्पनी में।" नीना की आवाज खुशी से छलकी पड़ रही है बेटे की कामयाबी पर।

"पति तो जाब में ही हैं न तुम्हारे?" सिक्ता दी फिर पूछती हैं।

"हाँ दी, अभी तो पाँच साल हैं उनके रिटायरमेंट में।"

"तुम तो नौकरी नहीं करतीं न?"

"नहीं।"

"तो समय कैसे कटता है तुम्हारा?" सिक्ता दी आश्चर्य से पूछती हैं।

"बस कट जाता है, घर का इतना सारा काम होता है और फिर किटी पार्टी वगैरह...।"

"घर का काम व्यस्त रख पाता है तुम्हें?"

"सीख रही हूँ न हारमोनियम बजाना। टीचर आती हैं सिखाने।" नीना कहती है।

"हाँ, यही तो। हारमोनियम क्या शौक के लिए सीख रही हो, नहीं...समय गुजारने के लिए या फिर तन्हाई से भटक रहे मन को केन्द्रित करने के लिए! मानो या ना मानो, पर सच यही है नीना! मन की बेचैनियाँ अपने ठहराव का रास्ता वैसे ही ढूँढ़ लेती हैं जैसे नदी की धारा सागर का। जब वे सागर में मिल जाती हैं, उनकी तड़प समाप्त हो जाती है। ठीक वैसे ही मन की भटकन लक्ष्य पाने के बाद शान्त हो जाती है।"

सिक्ता दी कहती हैं। फिर आहिस्ता से कहती हैं—"घर का काम कहाँ व्यस्त रख पाता है मन को, सिर्फ तन व्यस्त होता है उसमें।" जैसे वे स्वयं से कह रही हों।

मैं हैरान रह जाती हूँ उनकी बातों पर। कुछ दिनों से मुझे भी कुछ ऐसा ही महसूस हो रहा है...जब से सिद्धार्थ की शादी से मुक्त हुई हूँ। मेरे दोनों बेटे सुदर्शन एवं सिद्धार्थ ऊँचे ओहदे पर महानगरों में आबाद हैं। तो क्या कर्तव्य और जिम्मेदारी से मुक्ति के साथ जीने की ललक भी खत्म हो जाती है इनसान की? बहुत पहले एक मित्र ने कहा था—"अगर सन्तान नहीं हो तो इनसान में संघर्ष करने की क्षमता नहीं रह जाती। औलाद की जिम्मेवारियाँ, उसके भविष्य की चिन्ता उसे जागरूक बनाती है वरना कुछ कदम चलकर ही वह पस्त हो जाए कि किसके लिए कमाना और अर्जित करना है या किसके लिए जीना है? औलाद की जरूरतें बीमार माँ-बाप को भी उठाकर बैठा देती हैं।"

शाम रात के लबादे में छुपने को आतुर है। स्लेटी मायल सुर्ख आसमान के किनारे बहुत नीचे ढलान पर लुढ़कता सूरज बुझते दीये की भाँति जोर लगाकर भक्-भक् कर रहा है। परिंदे घोंसलों की जानिब लौटने लगे हैं। पूरा माहौल उनकी चहकार से गूँज उठा है। सब अपनी-अपनी बोली में चीं... चीं-चूँ-चूँ कर रहे हैं। चहारदीवारी के पास खड़े शीशम, यूक्लिप्टस, शाल, अमलतास, गुलमोहर व अशोक के पेड़ों पर शोर मचाते हुए वे चक्कर लगा रहे हैं। उनकी बोली से अनजान पार्क में बैठे लोग, जिन्हें शायद घर जाने की कोई जल्दी नहीं है, निश्चित व अलिप्त नजर आ रहे हैं।

ऐसा ही होता है जब हम किसी जगह या भाषा से अनजान यात्रा कर रहे होते हैं उस किसी क्षेत्र की। इसका गहन अनुभव हाल ही में दक्षिण भारत की यात्रा के दौरान हुआ मुझे। कोलकाता से कन्याकुमारी तक की लम्बी यात्रा...। डिब्बे के सहयात्रियों में अधिकांश दक्षिण भारतीय ही थे। उस डिब्बे में हम ऐसे बैठे थे जैसे इन परिंदों के बीच यहाँ बैठे इनसान। जितने हम उत्तर भारतीय थे परस्पर बोल-बतिया रहे थे। कह-सुन और समझ रहे थे एक-दूसरे को। लेकिन दक्षिण भारतीयों को हम मात्र सुन रहे थे, समझ नहीं रहे थे और ना ही

हमखयाल हो रहे थे। उस वक्त महसूस हुआ था कि हम मात्र दक्षिण भारत के भ्रमण पर जा रहे हैं। इस तरह तो हम वहाँ की संस्कृति को जानने-समझने से अछूते ही रह जाएँगे। और ऐसा हो भी रहा था। हम किसी अनजान पेड़, पंछी, स्थान या नदी दिखाकर उनसे उसके विषय में जानना चाहते। वे ना में सिर हिला देते। कोई अंग्रेजी का जानकार होता तो कुछ बता देता। उस समय बहुत क्षोभ उपजता मन में कि क्या विडम्बना है अपने ही देश को जानने के लिए परायी भाषा का सहारा लेना पड़ता है।

"अरे सीमी, एक बात तो पूछना ही भूल गई तुझसे। क्या तू अपने बेटे के पास जा रही है?" अचानक नीना पूछती है।

"वह तो जाती ही रहती हूँ बराबर।" मैं कहती हूँ। मुझे ताज्जुब होता है इसमें नीना को चौंकने वाली कौन सी बात है।

"नहीं रे, हमेशा के लिए।"

"हमेशा के लिए, ये किसने कहा तुमसे?" चौंककर मैं पूछती हूँ।

"परसों ही तो श्यामा कह रही थी, तू अब यहाँ नहीं रहेगी, हमेशा के लिए जा रही है यहाँ से।"

नीना कहती है तो मैं हँस पड़ती हूँ पर हँसी में वह खनक नहीं उभरती। नीना का भी क्या दोष, उसे लगा होगा अब मैं कर्तव्य-मुक्त हो गई हूँ तो अब सिर्फ खाना, सोना और मौत के आगमन की प्रतीक्षा करना ही शेष रह गया है मेरे पास।

"हमेशा के लिए कहीं भी रहना क्या इतना आसान है अब इस उम्र में? यहाँ वर्षों का बनाया हुआ मित्र सर्किल है। कहीं और अजनबी की तरह रहना अवसाद से न भर देगा।" उससे कहती हूँ।

नीना कुछ कहती उससे पूर्व एक आवाज गूँजती है—

"तो आप लोगों की महफिल यहाँ जमी है?"

आवाज पर एक साथ ही सभी की नजरें उठती हैं ऊपर...। पास ही चन्दन सिंह खड़े हैं जाने कब से। होंठों पर वही चिर-परिचित मुस्कान लिये जो सदा से उनके व्यक्तित्व को गरिमा बख्शती रही है। रिटायर इंजीनियर चन्दन सिंह

यहाँ अकेले ही रहते हैं। पत्नी का स्वर्गवास हो चुका है और इकलौता इंजीनियर बेटा बंगलोर में रहता है परिवार के साथ।

"अरे आप, कब आए बंगलोर से?" सिक्ता दी पूछती हैं।

"कब का आ गया। कुछ ही दिनों तो रहा वहाँ।"

"क्यों भई, वहाँ मन नहीं लगता? बेटा, बहू, पोता-पोती सभी तो हैं वहाँ।"

अभी चन्दन सिंह कुछ कहते बीच में ही नीना बोल पड़ी—

"इन्हें तो अकेले रहने में ही अच्छा लगता है।" और हँस पड़ती है।

"अकेले रहने का किसका मन करता है मैडम? सच कहूँ तो यहाँ से ज्यादा अकेलापन वहाँ महसूस होता है मुझे। सुबह के ऑफिस गए बेटा-बहू रात सात-आठ बजे लौटते हैं थके-माँदे। हालचाल पूछते हैं। चार निवाला मुँह में डालते हैं फिर घुस जाते हैं अपने कमरे में। बच्चों की अपनी दिनचर्या है। स्कूल से आना, खाना, होमवर्क करना। फिर ट्यूशन पढ़ना, कुछ देर टीवी देखना। और पुन: खाना खाकर सो जाना। फिर सुबह को वही अफरा-तफरी का माहौल...। सात बजे उठना...तैयार होना और स्कूल भागना। उतनी देर में तो मैं यहाँ टहल लेता हूँ। आठ-दस मित्रों से मिल-जुल लेता हूँ। वहाँ एक कमरे में दिन-भर बैठकर टीवी देखना या सोना...यह भी कोई जिन्दगी है। सच पूछो तो अपने परिवेश से कटकर रहना जड़कर देता है मुझे। वह सब तो यहाँ भी करता ही हूँ। अब इस उम्र में अपनी धरती, अपने लोग, अपने परिवेश तथा आबोहवा से कटकर कहीं भी रहना, सम्भव नहीं लगता।"

कहते हैं चन्दन सिंह। उनकी आवाज में दर्द उभर आया है।

"बिलकुल यही बात सीमी भी कहती है।" फौरन नीना कहती है।

"नीना अभी उस अनुभव से नहीं गुजरी है जिससे हम लोगों का साबका पड़ चुका है।"

"तो क्या गलत कहती हूँ। हम अपनी तरह से जीने के आदी हो चुके हैं। बच्चे अपनी तरह से जी रहे हैं। उनकी अपनी दुनिया है, अपना परिवेश, अपना सर्किल है। दिनचर्याएँ हैं। हम वहाँ अपनी तरह से जीना चाहेंगे। उनकी दिनचर्या में व्यवधान उत्पन्न होगा। खामख्वाह तनाव बढ़ेगा। मैं तो औरत हूँ,

एडजस्ट कर लूँगी, पति नहीं कर पाएँगे एडजस्ट, मैं जानती हूँ। तमाम उम्र अपनी कम्पनी, अपने माहौल से अलग होकर सहज नहीं रह पाएँगे वे। इसलिए अभी न हम लोग उनके पास रहने की सोच रहे न ही किसी को मजबूर करेंगे यहाँ आने के लिए। जब वक्त आएगा कि उनकी जरूरत पड़ेगी उस वक्त वे जहाँ चाहेंगे ले जाएँगे। जैसे चाहेंगे रखेंगे।" मैं कहती हूँ।

सिक्ता दी अजीब-सी नजरों से देखती हैं मेरी ओर और तल्ख आवाज में कहती हैं—

"हाँ रे, अभी नहीं मालूम पड़ रहा है कुछ...इसलिए दर्शन बघार रही है। जब बूढ़ी और अशक्त हो जाएगी न तब पता चलेगा तन्हा रहने का दर्द क्या होता है।" उनके शब्दों में पीड़ा घुल आई है।

शाम रात की बाँहों में दुबक गई है, हर ओर उदासी फैलाकर।

नदी

बरसों बाद अपने शहर लौटा तो यहाँ हुई तब्दीलियों ने अचम्भित कर दिया। यह छोटा-सा शहर आधुनिक सजी दुकानों तथा पाँच-पाँच मॉल्स की जगमगाती रोशनी में चमक रहा था। सड़कों की स्थिति ठीक-ठाक ही थी। बहुत बेहतर कहाँ से होती, आबादी भयानक रूप से बढ़ी थी। दुकानों की तादाद में भी इजाफा हुआ था परन्तु सड़कें नवेली दुल्हन की तरह अपनी काया में सिमटी वहीं की वहीं ठिठकी हुई थीं। उनके फैलने का कोई जरिया उपलब्ध भी कहाँ था! दोनों तरफ बरसों से निर्मित मकानों को पीछे धकेलना मुमकिन नहीं था। गाड़ी, बाइक, टैंपो, ई-रिक्शा के साथ सायकिल की तादाद में बेइन्तहा बढ़ोतरी के साथ भीड़ का ये आलम कि रास्तों पर सुरक्षित चलना मुहाल था।

इस चमक-दमक में कहीं खो गई थी तो शहर की सुन्दरता बढ़ाती वह नदी...जो इसकी पौराणिक व सांस्कृतिक पहचान थी और सदा से इसके जीवन-जनित हर व्यवहार में शामिल रही थी। अब वह सूख चुकी थी। नगर से निकलने वाली नालियों के गँदले पानी में बजबजाते कीड़ों ने उसके अस्तित्व को बदबू से भर दिया था। गँदले काले पानी पर जलकुम्भी और शैवाल ने अपनी हुकूमत जमा ली थी। किनारों को सामर्थ्यवान लोग आहिस्ता-आहिस्ता निगल चुके थे। वह अब खूबसूरत एकमंजिला, दोमंजिला और तीनमंजिला मकानों से सज चुका था। दो भागों में शहर को विभक्त करती यह नदी कभी शहर की शोभा ही नहीं, जान हुआ करती थी। बहुत पहले तो इसका और

भी उपयोग हुआ करता था, व्यापार के लिए, पीने के लिए, सिंचाई के लिए, ...स्नान-ध्यान के लिए, यज्ञ-अनुष्ठान के लिए और बारहों महीने तट के श्मशान में होने वाले मुर्दों के दाह-संस्कार के लिए। दाह-संस्कार करने के बाद लोग नदी में स्नान करके ही घर लौटते। शव का दाह-संस्कार करने के बाद नदी में स्नान करना शुद्ध माना जाता।

इसके तट पर वर्ष में होने वाले दो छठ पर्व कार्तिक और चैती की सजावट देखते ही बनती थी। नगरवासियों द्वारा घाट छेंकने का काम दीवाली के कल होकर ही युद्ध स्तर पर आरम्भ हो जाता। उसके बाद रंग-बिरंगे टेंट, कैम्प दो-तीन दिनों पहले लग जाया करते। समाजसेवियों द्वारा बिजली, बत्ती, लाउडस्पीकर, डीजे, सूर्य को अर्घ्य देने के लिए मुफ्त दूध का स्टाल। रात-भर या सुबह-शाम घाट पर घूमने वालों के दिशा-निर्देश के लिए कैंप की अलग व्यवस्था होती जहाँ खोए हुए बच्चों या किसी प्रकार की गड़बड़ की फौरन सूचना दी जाती। नगर की सड़कों पर की गई रोशनी की सजावट रात में भी दिन का आभास कराती। पूरी रात नवयुवक, युवतियाँ, नवविवाहित जोड़े... सुन्दर वस्त्रों व जेवरों से सजे घूमते रहते तटबन्ध पर...।

कार्तिक महीने की पूरी सुबह कार्तिक स्नान करने वाली स्त्रियों से नदी गुलजार रहती। जुलाई-अगस्त के महीने में जब वह पूरे शबाब पर होती और उसकी उफनती धारा निचले इलाके को जल-प्लावित करती तो नगरवासियों को बाढ़ देखने का दुर्लभ अवसर प्राप्त होता...। चारों तरफ बाढ़ देखने वालों का उल्लसित स्वर गूँजता...

"पानी ने पुल को छू लिया है। क्या धार है जैसे पुल को बहा ले जाएगी अपने प्रवाह में...।"

"हाँ भई, मैं अभी-अभी देखकर लौटा हूँ। कितना कुछ बहकर आ रहा है धार में परन्तु छानने का जोखिम कौन उठाए?" अफसोसनाक आवाज।

"सुना है मल्लाह लोग छान रहे हैं आगे...बक्सा, पेटी, लकड़ी का कुंदा वगैरह...।"

"हाँ भई, उन्हें तैरना जो आता है।"

पर नदी अब सूख चुकी थी। ज्ञात हुआ—

नदी पर होने वाले सारे अनुष्ठान बन्द थे। अब तो मुर्दों को जलाने के बाद लोग वहाँ से बिना स्नान किये ही लौटते और सड़कों पर लगे सरकारी या प्रायवेट चापाकलों पर स्नान करते। छठ व्रत भी अधिकांश लोग अब अपने छतों पर ही परात या कठौती में जल रखकर करते या फिर सामूहिक सहयोग से सड़क पर ईंट से अस्थायी लम्बा सा कुंड बनाते, उसके अन्दर प्लास्टिक बिछाकर उसमें पानी भरते और उस कुंड के घुटने भर पानी में खड़ी होकर स्त्रियाँ अस्ताचल व उदयाचल सूर्य को अर्घ्य देतीं।

बरसात के बाद शीत आगमन के ठीक पहले हमारे इस क्षेत्र की दो बातें बरबस किसी को अपने में समेट लेतीं जैसे शहद जीभ को लपेट लेता है। एक तो सामान्य लोगों का सीधा-सादा सरल स्वभाव और दूसरी गाँव के खेतों में झुकी सुनहरी धान की बालियाँ और उनके ऊपर तैरता गन्ना पेराते कोल्हू के पास मौजूद चूल्हे से उठता दूधिया धुआँ...।

नेपाल और भारत की सीमा के आर-पार का यह इलाका तराई शब्द से सम्बोधित होता रहा था, जहाँ के खेत की मिट्टी में किसान अपने अँगूठे को धँसाता और कहता—"माटी तर है" और प्रकृति की नेमत ऐसी कि सिंचाई तो भूला-भटका शब्द था इस क्षेत्र के लिए...।

आश्चर्य कि पैंतीस वर्षों से यह नदी मरती रही थी और नगरवासी खामोशी से 'आई डांट केयर' के अन्दाज में उसका विकल्प तलाश कर खुश थे।

नदी सूख गई...

आई डांट केयर...

पर्व-त्योहार, दाह-संस्कार में मुश्किलें आ रहीं...

आई डांट केयर...

जल का लेबल सैकड़ों फीट नीचे चला गया, पहले जहाँ 90 से 100 फीट पर पीने का पानी आ जाता था अब 220 फीट तक चला गया है।

कोई फिक्र नहीं...

सिंचाई में कठिनाई आ रही...

कोई चिन्ता नहीं...

इतने बेहिस लोग...?

यह मात्र एक नदी ही नहीं थी। एक परम्परा को सँजोए हुए आध्यात्मिक और पौराणिक रूप से यह शहर की पहचान भी थी। इस शहर के लोग अपनी पहचान के प्रति इतने अलिप्त कैसे हो सकते थे? अपनी पहचान व अपनी धरोहर के प्रति अति जागरूक प्रदेश से आया मैं हर समस्या का समाधान नहीं विकल्प तलाश कर सहज रहने वाले यहाँ के लोगों की यह अलिप्तता देखकर क्षुब्ध था।

कुछ दिनों बाद नगर के एक बुद्धिजीवी से इस विषय पर चर्चा हुई तो ज्ञात हुआ...नदी को पुनर्जीवित करने के लिए कुछ लोगों द्वारा पूर्व में प्रयास किया गया था। प्रथम एक जन प्रतिनिधि ने इस दिशा में प्रयास किया तो पता चला इसकी समस्या की जड़ नेपाल में है। भूस्खलन से वहाँ इस नदी के पुल के दो पाए ध्वस्त हो गए थे जिसके कारण नदी का प्रवाह दूसरी ओर मुड़ गया था और पुनः इसे इसके स्वरूप में लाना इंटरनेशनल स्तर पर वार्ता से ही सम्भव होगा, जोकि लम्बी प्रक्रिया है, अतः वे पीछे हट गए थे। फिर कुछ दिनों बाद एक समाजसेवी ने इसकी गँदली धारा में नाव पर बैठकर भूख-हड़ताल शुरू की थी। सारे स्थानीय अखबारों ने उसे प्रमुखता से छापा था। बाद में एक पत्रकार मित्र ने बतलाया, उसने खाना खाकर भूख-हड़ताल का दिखावा किया था। सारी सच्चाई जानते हुए भी वे इसलिए उसे छाप रहे थे कि चलो कुछ न होने से कुछ हो तो रहा है परन्तु उस आन्दोलन का कुछ होने-जाने वाला नहीं था और न हुआ।

कुछ वर्षों बाद फिर लखनदेई उड़ाही का कीड़ा राजनीति से जुड़ी एक महिला के अन्दर कुलबुलाया और उसने पुल पर बैठ आवागमन को बाधित कर आन्दोलन आरम्भ किया। दो भागों में विभक्त शहर को जोड़ने वाले इकलौते पुल के जाम होने से सारा शहर हलकान हो उठा और प्रशासन को उस महिला को पकड़कर जेल में डालना पड़ा। और ये तमाम प्रयास मात्र अखबार में नाम के लिए ही हुए थे। सुनकर प्रसिद्ध हिन्दी साहित्यकार अज्ञेय

के शब्द आँखों के सामने तैर गए—"छपती हैं खबरें, इतिहास नहीं बनता। बिना प्रयत्न के भागीरथ कहलाना मात्र लोभ नहीं रहा, यह तो युगधर्म बन चुका है।"

फिर तो इस शहर की मुहब्बत ने मुझे बेचैन कर दिया कि कैसे इसे इसकी पहचान पुनः प्राप्त हो जिसका यह हकदार है और कैसे यहाँ के अति सुषुप्त लोगों को बतलाया जाए कि मात्र कमाना, खाना, पहनना और विकल्प ढूँढ़कर निश्चिन्त हो जाना सभ्य मानव की पहचान नहीं। समष्टि के लिए भी कुछ करना उसका फर्ज बनता है। जहाँ वह निवास करता है उस भूमि के लिए भी उसका कुछ फर्ज बनता है।

उसके बाद शहर के कुछ गण्यमान्य लोगों के साथ इस स्थिति पर विचार विमर्श हुआ...जिनकी पीड़ा भी मेरी ही तरह की थी परन्तु वे अलिप्त लोगों के बीच असहज महसूस करते हुए भी कुछ करने में सहज नहीं हो पा रहे थे। उनके अन्दर भी नदी का पुनरुद्धार करने की प्रबल आकांक्षा थी परन्तु कैसे? यह प्रश्न अभी तक अनुत्तरित रहने का कारण वही था कि यह नदी जहाँ से शुष्क हुई है वह हिस्सा नेपाल में है और यह अन्तररास्ट्रीय मामला है जो हमारे वश की बात नहीं है। वह सरकार के स्तर की बात है।

और बहुत विचार-विमर्श के बाद शहर से चार लोगों की एक समिति बनी—'नदी पुनरुद्धार समिति'।

सर्वप्रथम तय हुआ कि उस क्षेत्र में चला जाए जहाँ पुरानी धार सूख चुकी है और अवलोकन किया जाए कि उसकी स्थिति क्या है और क्या प्रयास हो जिससे यह पुनः प्रवाहित हो सके?

फिर शुरू हुआ उस क्षेत्र का दौरा जहाँ नदी की शुष्क धारा उथली हो गई थी और उन-उन क्षेत्रों का दौरा भी जहाँ नदी की नई धार बाढ़ के रूप में कहर बरपा रही थी।

लोगों ने जब वहाँ की त्रासदी बयान करना शुरू किया—कि छोटे-मोटे किसानों की बात तो छोड़ दीजिए साहेब, दस बीघा के जोतने वाले भी अगर शहर नहीं होता तो भूखों मर जाते। बरसात के आते ही सारे गाँववासियों की आँखों की नींद उड़ जाती है। जाने कब नदी में उबाल आ जाए और उनका

घर-बार ही नहीं संचित जमा पूँजी भी उसके प्रवाह में प्रवाहित हो जाए। सक्षम लोग तो चार महीना गाँव ही छोड़ देते हैं। या घर में ही ऊँची जगह बनवा लिये हैं खुद के बचाव के लिए। अक्षम, असमर्थ लोग कहाँ जाएँ? किसी ऊँचे स्थान पर भागकर किसी तरह जान बचाते हैं भूखे, प्यासे रहकर...। सबसे पहले तो पीने के पानी का संकट होता है। बरसात हो रही होती है तो उस पानी पर निर्भर रहते हैं। नहीं होती तो वही बाढ़ का गँदला पानी, जिसे ढोर-डंगर पीते हैं, सहारा होता है।

पहली बार गाँव की इस भीषण त्रासदी से दो-चार होकर मन विषाद से भर गया। जाने किस युग में जी रहे हैं हम? दुनिया के और देश कहाँ से कहाँ बढ़ गए और हम आज भी जीवन की आदिम जरूरत भूख-प्यास से ही लड़ रहे हैं। आज भी जीने की पहली प्राथमिकता अन्न, जल और आवास से भी वंचित हैं अधिकांश लोग। आज तक इस समस्या के समाधान के लिए न तो प्रशासन स्तर पर कुछ किया गया था और न इस क्षेत्र के जन-प्रतिनिधियों द्वारा ही।

फिर तय हुआ कि एक दिन उस क्षेत्र के किसी रसूखदार के यहाँ वहाँ के बुद्धिजीवी तथा मुखिया, प्रमुख के साथ बैठक हो। उन लोगों के समक्ष यह समस्या रखी जाए। बाढ़ प्रभावित उस क्षेत्र से हमलोगों ने तीन लोगों को समिति में जोड़ा और एक गाँव जो नदी की नई धार में आई बाढ़ से डूब का सबसे ज्यादा अभिशाप झेल रहा था...वहाँ के एक प्रतिष्ठित व्यक्ति के दरवाजे पर इकट्ठे हुए...।

वहाँ उपस्थित उस गाँव के मुखिया, प्रमुख, उपप्रमुख तथा आस-पास के गाँवों से आए लोगों तथा सम्मानित किसानों के समक्ष हमने सूखी नदी से उत्पन्न शहर के लोगों की त्रासदी को बयान किया और उनके क्षेत्र की बाढ़ की त्रासदी को भी...। पता चला वे खुद चाह रहे हैं कि इस त्रासदी से उन्हें निजात मिले। साल के चार महीनों में कभी तीन तो कभी पाँच से छह फीट तक आई इस भीषण बाढ़ से उन्हें मुक्ति मिले और पुरानी धार की उड़ाही हो, परन्तु कैसे? यह उनकी समझ में नहीं आ रहा। नदी की नई उथली धार में आई बाढ़ की तबाही ने दस बीघा जोतने वाले किसान को अन्न खरीद कर

खाने पर विवश कर दिया है। उनकी स्थिति तो और खराब है जो रास्ते के अभाव में विगत पैंतीस वर्षों से इस त्रासदी का शिकार हो रहे हैं।

निर्णय हुआ कि पहले हम सूखी नदी की स्थिति का जायजा लें। उस क्षेत्र में जाने से पता चला कि लगभग तीन किलोमीटर तक नदी का क्षेत्र जो सूखकर समतल हो गया है उसकी गाद अगर साफ कर दी जाए तो नई धार से उसे जोड़कर पुरानी धार को पुनर्जीवित किया जा सकता है।

सभी की राय हुई इस कार्य को अपने ही स्तर से किया जाए। सरकारी स्तर पर कोई सुनवाई हो न हो, हो भी तो समय सीमा की बाध्यता नहीं होगी और समस्या जस की तस रह जाएगी।

उस क्षेत्र के गण्यमान्य और खासो-आम जन में इस बात से इतना उत्साह पैदा हुआ कि वे स्वेच्छा से सहयोग राशि देने लगे और बात की बात में इतनी राशि का संग्रह हो गया कि काम का आरम्भ हो सके। शेष राशि का इन्तजाम समिति के लोग अपनी ओर से कर देंगे, हमने सोचा। फिर एक तिथि तय की गई जिस दिन भूमि पूजन कर कार्यारम्भ किया जा सके।

तय दिन पर जब हम लोग उस जगह पर पहुँचे तो यह देखकर अवाक् रह गए कि जे सी बी मशीन के साथ ही आस-पास के गाँवों के लोग उत्साह से भरे छींटी, कुदाल लेकर स्वेच्छा से उड़ाही में सहयोग करने के लिए तैयार हैं। कुछ आ रहे हैं छींटी, कुदाल लिये आर-डडेर से धारा प्रवाह...। इस दृश्य ने फिल्म 'नया दौर' के उस दृश्य की याद दिला दी—"साथी हाथ बँटाना... साथी रे..." फिर तो हमारे अन्दर भी उछाह की लहर दौड़ गई।

हजारों की भीड़ के बीच भूमि पूजन हुआ। नारियल फोड़ा गया और जे सी बी मशीन से धारा की उड़ाही शुरू हुई। अभी कुछ ही गज का कार्य हुआ होगा कि निकट ही स्थित कैंप से एस एस बी के दर्जनों जवान अपने कमांडेंट के साथ दनदनाते हुए आ पहुँचे वहाँ और अविलम्ब कार्य रोकने को बोले। उनका एतराज था कि जिस जगह कार्य हो रहा है वह भारत-नेपाल का एनएमएल है, और नये नियम के मुताबिक उससे तीस मीटर के दायरे के अन्दर कोई भी निर्माण कार्य विधिसम्मत नहीं है। हमने लाख कहा कि हम

नया निर्माण थोड़े ही करवा रहे हैं, पुरानी धार से गाद को साफ करवा रहे हैं ताकि धारा पुनः प्रवाहित हो सके जिससे इस क्षेत्र के वासियों के साथ-साथ शहरवासियों को भी राहत मिल सके। यह देखिए नदी का प्रत्यक्ष चिह्न मौजूद है। हमने उन्हें नदी की सूखी धार और उसके दोनों किनारों पर तरतीब से खड़े बड़े-बड़े पेड़ों को साक्ष्य के रूप में प्रस्तुत करते हुए कहा और यह भी कहा कि यह नदी ही पहले दोनों देशों की सीमा रेखा हुआ करती थी।

वार्ता अभी चल ही रही थी कि नेपाल के उस क्षेत्र के डीएम और एसपी भी अपने अनुचरों के साथ आ धमके। इतनी भीड़ और शोरो-गुल और हलचल ने शायद उन्हें सजग किया था कि कुछ ऐसा-वैसा हो रहा है यहाँ। क्या हो रहा है इसे जानने के लिए वे विवश हो गए थे। उनके समक्ष समिति के सदस्यों द्वारा समस्या को रखा गया। यह इलाका जिसमें नेपाल का क्षेत्र भी शामिल था और बाढ़ की विभीषिका झेल रहा है उसका हवाला दिया गया और उनसे सुझाव माँगा गया...।

जब बहुत देर के तर्क-वितर्क के बाद भी कोई खास नतीजा नहीं निकला तो कार्य को बन्द कर देना पड़ा। हमारी आशा व उत्साह पर तुषारपात हो गया। गाँव वालों के साथ हम लोग भी मायूस हो लौट आए।

फिर तो आरम्भ हुआ समिति के सदस्यों द्वारा नेपाल में जाकर वहाँ के जन प्रतिनिधियों से मिलना। उनसे सुझाव माँगना। एस एस बी के कमांडर से मिलना...उनसे सुझाव माँगना। गाँव के पीड़ितों संग विचार-विमर्श करना। सभी जगह से सुझाव हासिल होता जो कारगर नहीं लगता और जिसके सहारे कार्य आगे बढ़ना तो क्या, दो कदम भी नहीं चला जा सकता था लेकिन हम न तो हतोत्साह हुए और न ही हार मानी।

तमाम भागम-भाग के दौरान हमने यह स्पष्ट अनुभव किया कि नेपाल के सभी पक्ष इस समस्या से खूब अवगत थे परन्तु समाधान को इन लोगों ने नियति पर छोड़ रखा था। नेपाल में नदियाँ सिकुड़ती जा रही थीं और वहाँ के बचे-खुचे जंगलों की जल अधिग्रहण क्षमता निरन्तर घट रही थी। नेपाल को भी तराई के इलाके में रहने वाले लोगों की त्रासदी की कोई फिक्र नहीं थी

वरन वह भारत के समक्ष इस बात को अवश्य रखता...और सम्भव है भारत द्वारा उस पर शीघ्र अमल भी होता।

आखिर में सहमति बनी कि समिति के लोग जिलाधिकारी से मिलें और अपनी समस्या तथा योजना को उनके समक्ष रखा जाए।

"अभी के शासन-प्रशासन की जो स्थिति है उसे देखते हुए उम्मीद तो नहीं है कि उनके द्वारा हमारी योजना पर विचार भी किया जाएगा।" एक मित्र ने यथार्थ बयान किया।

"परन्तु एक बार मिल लेने में हर्ज ही क्या है? पता तो चले कि ऐसी योजनाओं के प्रति कितना गम्भीर है हमारा प्रशासन?" दूसरे मित्र का सुझाव था।

"चलिए एक बार यह प्रयास भी करके देख लिया जाए।"

तत्पश्चात जिलाधिकारी महोदय से मिलने का समय लिया गया और हमने उनके समक्ष अपनी परेशानी तथा योजना को रखा। घोर आश्चर्य हुआ कि उन्होंने हमारी योजना को धैर्य से सुना ही नहीं बल्कि तत्क्षण उस विभाग के कर्मचारी को बुलाकर उस पर यथायोग्य अमल करने का आदेश भी दिया कि कैसे इसे सम्भव किया जाए जो सूखी नदी फिर से प्रवाहित हो? और उन्होंने फौरन गूगल पर उस एरिया का मैप निकाला...। मैप में कहीं-कहीं छोटी-छोटी बस्तियाँ नजर आ रही थीं और नदी की धार समतल दिख रही थी जो सीमा रेखा के करीब थी।

"नो मेंस लैंड के पास वाली धारा पर तो ऐसा कुछ हो नहीं सकता।" उन्होंने गहन पड़ताल के बाद कहा।

"जी सर।"

"क्या ऐसा सम्भव है कि इसके विकल्प की तलाश की जाए?" उन्होंने सुझाव रखा।

"जी सर, हम कोशिश करते हैं।"

फिर समिति के लोगों ने उस क्षेत्र का दौरा किया जहाँ उस नदी की नई धारा प्रवाहित थी और अपनी उथली धार की वजह से उस क्षेत्र को तबाह कर रही थी। इस खोजबीन में एक ऐसा स्थल सम्मुख आया जहाँ से बहुत ही कम

दूरी का कैनाल बना कर नई धारा से सूखी धारा को जोड़कर उसे जीवित किया जा सकता था और वहाँ नो मेंस लैंड का कोई झंझट भी नहीं था।

नये उत्साह से भर कर हम पुनः उस विकल्प में जुट गए। हम प्रथम एस एस बी के कमाडेंट से मिले। इस बीच पहले वाले कमांडेंट का तबादला हो चुका था और नये कमांडेंट आ चुके थे। अब हम एहतियात बरत रहे थे कि जल्दबाजी में फिर वहाँ नो मेंस लैंड का कोई झंझट न उठ खड़ा हो पूर्व की तरह।

एक दिन हम उन्हें साथ लेकर उस क्षेत्र में गए...। उन्होंने वहाँ का गहन मुआयना किया...। नो मेंस लैंड की दूरी वहाँ से पाँच सौ मीटर से कुछ अधिक ही थी।

"यहाँ कार्य किया जा सकता है। कोई आपति नहीं है।" उन्होंने आश्वस्त किया।

जोश में भरकर पुनः हम लोग डी एम साहब से मिले और विकल्प पर उनका ध्यान आकृष्ट किया। उनकी दिलचस्पी भी बढ़ी इस काम के प्रति और अब युवा व कर्मठ जिलाधिकारी का भी भरपूर सहयोग मिलने लगा। हमारे साथ दो बार वे उस चयनित स्थल पर तकरीबन सात मील ऊबड़-खाबड़ रास्ते से पैदल चलकर गए। हम लोगों द्वारा चिह्नित स्थल का मुआयना किया और उसे सर्वथा उचित विकल्प माना।

उनके आदेश पर नदी जल निस्त्रण विभाग के इंजीनियर ने प्रथम वहाँ जल स्तर की जाँच की...सब कुछ माकूल था। फिर स्थल का माप आरम्भ किया...। समय-समय पर समिति के सदस्यगण अपना सक्रिय सहयोग देते रहे उन्हें, चाहे धूप हो, बारिश हो या भयानक ठंड...। हम घुटने-घुटने कीचड़ में उस क्षेत्र में जाते जहाँ बाढ़ का पानी बारहों मास हठी बच्चे की तरह पालथी मार कर बैठा रहता और इलाके के लोगों का जीना मुहाल करता। जमे हुए जल से खेती का नाश तो होता ही उसमें पनपे मलेरिया तथा अन्य बीमारी के कीटाणुओं के काटने से गाँव का गाँव प्रभावित होता था।

भ्रमण के दौरान हमने उस इलाके के बाशिन्दों की बाढ़ से आई त्रासदी को बहुत करीब से देखा और यह भी अनुभव किया कि कितने अभावों के

बीच वे बसर कर रहे थे...। उसके बाद बीमारी का प्रकोप उन्हें तोड़ रहा था। इस बीच हमारी मंशा और दृढ़ता से विचलित हुए एक तथाकथित समाजसेवी जिनकी मंशा नदी उद्धार की कम और अखबार में छपने की ज्यादा रही थी। हमारे विरुद्ध कुछ लिखते और बोलते भी रहे...। उनकी हर सम्भव कोशिश हो रही थी कि यह कार्य आगे नहीं बढ़े और किस विधि उसमें बाधा पहुँचाई जाए। जैसे-जैसे उन लोगों का विरोध बढ़ रहा था हम लोगों की जिद और प्रबल हो रही थी।

और साढ़े तीन वर्षों के कठिन परिश्रम और उस क्षेत्र के एक सौ बाईस दौरों के बाद नदी उड़ाही के लिए राशि के आवंटन के रूप में सुखद परिणति हुई।

हमारी खुशी का पारावार नहीं था। एक न पूरा होने वाला सपना पूर्ण होने जा रहा था। इस बीच समय-समय पर अखबारों में छपती हमारी गतिविधियों ने नगर व क्षेत्रवासियों की आँखों में सोये सपनों को जगा दिया था और उन नवयुवकों की आँखों में भी जिन्होंने इसे सूखा ही देखा था। हम जिधर से गुजरते लोगों का आशा और जिज्ञासा भरा प्रश्न उभरता—

"क्या सचमुच यह नदी पुन: प्रवाहित होगी?" अधेड़ लोग पूछते। नवयुवकों का प्रश्न दूसरा होता—

"सचमुच इस नदी में कभी पानी हुआ करता था?"

हमारे 'हाँ' कहने पर वे कहते—

"हमें यकीन नहीं होता परन्तु यदि इसमें पानी आ जाए तो आनन्द आ जाएगा।" वे प्रसन्न होकर कहते...। और बाढ़ वाले क्षेत्र के लोगों के लिए तो यह दुनिया का दसवाँ आश्चर्य था। सोच से परे का सपना...।

वह दिन भी आ पहुँचा जब नदी उड़ाही के लिए ठेकेदार जे सी बी मशीन के साथ नदी किनारे मौजूद था। समिति के लोगों ने तय किया, इस कार्य का शुभारम्भ अपने कर्मठ जिलाधिकारी के कर-कमलों से सहज तरीके से हो मात्र नारियल फोड़ कर। इस कार्य की परिणति उन्हीं के सहयोग से सम्भव हुई थी। नौकरशाही की निष्क्रियता तो आलोच्य रही है परन्तु कर्मठता का तिरस्कार कैसी नैतिकता है? हमारा सोचना था।

फिर शुभारम्भ के लिए एक दिन तय किया गया...।

जैसे ही यह खबर एक अखबार में छपी...उस क्षेत्र के सारे राजनीतिक पार्टियों की कुम्भकरनी नींद फौरन टूट गई...। एक वर्ष बाद ही इस क्षेत्र में चुनाव होने वाला था। इतने बड़े कार्य के श्रेय का अधिकारी उन्हें होना चाहिए... और पके हुए आम के वृक्ष पर जैसे गाँव-भर के लोगों की आँखें आ टिकती हैं...वैसे ही इसका श्रेय लेने की होड़-सी लग गई इलाके के सांसद, विधायक और अन्य जन प्रतिनिधियों में। फौरन स्थानीय सांसद महोदय का फोन पहुँचा जिलाधिकारी महोदय के पास कि इस उद्घाटन कार्य को स्थगित कर दिया जाए। इस कार्य का शुभारम्भ वे माननीय मुख्यमंत्री जी के हाथों करवाना चाहते हैं। इसके लिए उन्हें मात्र दो दिनों की मोहलत चाहिए।

कार्य स्थगित हो गया। दुख तो बहुत हुआ पर क्या किया जा सकता था। चलो क्या फर्क पड़ता है, इसका शुभारम्भ मुख्यमंत्री जी के हाथों ही हो...। वैसे भी हम अन्त में जल प्रवाह का प्रारम्भ उन्हीं के हाथों करवाने का सोचे हुए थे। दो दिनों में क्या बिगड़ जाएगा...देख लेते हैं। हमने सोचा।

कार्य स्थगित हो गया। ठेकेदार, जो बाहरी राज्य का था उसके आदमी बैठे रहे। मशीनें बैठी रहीं। दो दिनों का कौन कहे दस-बारह दिन गुजर गए। न सी एम साहब का प्रोग्राम बना, न कार्यारम्भ हुआ। ठेकेदार परेशान था, उसके आदमी बैठे हुए थे। गाँववालों में अलग बेचैनी छाई हुई थी...हम तो व्याकुल थे ही, यदि अभी कार्य शुरू नहीं होगा तो ढाई माह के बाद ही बरसात आ जाएगी तो कार्य बन्द करना पड़ेगा और गाँव में बाढ़ से सहमे लोगों के साथ ही शहर में नदी किनारे छठ करने की आस लगाए बैठे लोगों के सपने भी मुर्झा जाएँगे और फालतू बैठे मजदूर व मशीनों को लेकर कहीं ठेकेदार भाग ही न जाए।

इसी बीच मालूम हुआ यह जो कार्य का स्थगन था, सब साजिशन हुआ है। इसमें उस क्षेत्र का एक पूर्व मुखिया भी शामिल है जो वर्षों नदी की सूख चुकी धारा को हथियाकर उस पर खेती करता आ रहा है और नहीं चाहता कि वह जमीन उसके हाथ से निकल जाए। उसी ने अपनी आत्मीयता का हवाला देते हुए सांसद महोदय से मिलकर यह सारा षड्यंत्र रचा है। उसकी यह भी

मंशा है कि यदि जमीन जाए भी तो सरकार से उसे उसका मुआवजा मिले। यानी आम के आम और गुठली के दाम...। और इसमें पूर्व में रहा समिति का एक सदस्य भी निजी स्वार्थवश मिल गया है जिसके हित का भरोसा मुखिया ने दिया है। और यह भी ज्ञात हुआ कि तीनों एक ही जाति के हैं। पहली बार गहराई से अनुभव हुआ कि जातियता का जहर किस कदर भरा हुआ है हमारे समाज में...समाज हित के काम में भी जाति के दुमछल्लों का अभूतपूर्व अपनाइत...क्या होगा इस राज्य का?

हम भी हार मानने वाले कहाँ थे। पुनः हम जिलाधिकारी महोदय से मिले और आगत समस्या से उन्हें अवगत कराया। सब की मिली-भगत की जानकारी दी और मुखिया द्वारा उस क्षेत्र के अन्य लोगों को भड़काकर जमीन न देने की बात भी बताई...।

डी एम साहब तक ठेकेदार की बातें भी पहुँच गई थीं। वह भी काफी क्षुब्ध था कि मशीन तथा मजदूरों के बैठे रहने से उसे आर्थिक क्षति हो रही है। उन्होंने हर सम्भव सहयोग का आश्वासन दिया। फिर हम लोगों ने उनसे आग्रह किया कि हम लोग उस क्षेत्र में पुनः एक बैठक करने जा रहे हैं। यदि वे सम्बन्धित इंजीनियर साहब को साथ चलने को कह दें तो उस क्षेत्र के लोगों को वे जमीन सम्बन्धित विधिसम्मत सुझाव दे सकेंगे जिन लोगों को पूर्व मुखिया ने अनाप-सनाप कहकर भड़काया है।

जिस ग्राम से हमने अपनी योजना की शुरुआत की थी उसी गाँव और उसी दरवाजे पर पुनः आज हम लोग इकट्ठे हुए। इस बार भी आस-पास के कई गाँवों के गण्यमान्य लोगों के साथ-साथ आम लोग भी वहाँ इकट्ठे थे और अखबारों के पत्रकार गण भी। कार्य बन्द होने से सभी बहुत गुस्से में थे। वहाँ के एक बुजुर्ग क्रोध से बोले—

"यह सांसद कौन है, चार वर्षों में हमने उसका चेहरा तक नहीं देखा। वो कौन होता है कार्य बन्द करवाने वाला? अड़तीस बरसों से हम डूब रहे हैं। हमारी खेती बर्बाद हो रही है...। अब एक आस बँधी थी कि हमें इस त्रासदी से मुक्ति मिलेगी तो उसने उसमें व्यवधान उत्पन्न कर दिया। अगर दो दिनों के

अन्दर सी एम साहब नहीं आते तो आप लोग किसी बुजुर्ग के हाथों उसका आरम्भ करवाइए। हम सब आपके साथ हैं और उत्पात करने कोई भी आता है तो हम उससे निबट लेंगे।"

बुजुर्ग महाशय की बातों ने हमारा हौसला बढ़ाया। वहाँ उपस्थित तमाम लोगों की भी यही मंशा थी कि कार्य आरम्भ करने में विलम्ब नहीं होना चाहिए। इंजीनियर साहब ने जमीन अधिग्रहण के सम्बन्ध में लोगों को विस्तार से जानकारी दी तथा उपस्थित जनों से इसके हर पहलुओं पर विचार-विमर्श हुआ...। हम आश्वस्त होकर लौटे...दो दिनों बाद हम जरूर एक्शन लेंगे इस संकल्प के साथ।

नतीजा यह हुआ कि वहाँ उपस्थित सांसद के किसी खास व्यक्ति ने फौरन वहाँ की गतिविधियों तथा ग्रामीणों के आक्रोश की जानकारी सांसद महोदय तक पहुँचा दी। पता चला सीएम के समक्ष उन्होंने अपनी इज्जत की दुहाई दी...और आनन-फानन सीएम साहब के आने की तिथि तय हो गई। उसके बाद जिलाधिकारी महोदय के साथ फिर कई बार उस क्षेत्र का दौरा करना पड़ा...पंडाल के लिए...स्थल चयन के लिए...हेलिपैड के लिए...माकूल जगह के लिए...। कुछ अफसरों ने दबी जुबान में यह शिकवा भी किया कि यदि अखबार में शुभारम्भ का समाचार न छपता तो पाँच हजार के खर्च की जगह पन्द्रह लाख का खर्च न बढ़ता और परेशानी अलग से...।

आज उस घाट के करीब मैदान में वृहद पंडाल तैयार हो चुका है। एक तरफ हेलिपैड भी। पानी का टैंक, फायर ब्रिगेड से लेकर सुरक्षा के तमाम साधन उपलब्ध हैं। सी एम साहब के स्वागत में पूरे क्षेत्र के विधायक, सांसद, विधान पार्षद, प्रमुख, उपप्रमुख, मुखिया, सारी पार्टियों के अध्यक्ष, अलाना, फलाना की लगभग दो सौ से ऊपर दौड़ती गाड़ियाँ उस क्षेत्र के लोगों के लिए कौतूहल का विषय हैं। आस-पास के दस गाँवों के लगभग तीस से पैंतीस हजार मर्द, औरतें, बच्चे इकट्ठे हैं। रास्तों पर, खेतों में हर तरफ मुंड ही मुंड नजर आ रहे हैं। विशाल पंडाल के गेट पर हम समिति के सदस्य खड़े हैं। हम लोगों का यहाँ आने का विचार नहीं था। जिस मंशा के तहत हम लोगों ने

मेहनत की थी उसकी पूर्णता हमारा ध्येय था परन्तु डी एम साहेब का खास आग्रह था कि हम वहाँ अवश्य उपस्थित रहें।

अब सी एम साहब की प्रतीक्षा है। हर ओर अफरा-तफरी मची है। पानी के छिड़काव के बावजूद रास्तों पर उड़ती धूल से साँस लेने में कठिनाई हो रही है। पास खड़े कुछ लोगों से मैं पूछता हूँ—

"कहाँ आए हैं आप लोग?"

"मुख्य मंत्री जी को देखने आए हैं।" वे उत्साह से समवेत स्वर में कहते हैं। उनकी बातें सुनकर मेरे अन्दर क्षोभ का बलबला-सा उठता है...

मैं मुड़कर एक मित्र की ओर देखता हूँ और आहिस्ता से कहता हूँ—

"इस इकट्ठी भीड़ में से यदि पचीस प्रतिशत लोग भी अपने क्षेत्र की दुर्दशा सुधारने के लिए उठ गए होते तो इतने वर्षों से इन्हें यह त्रासदी भोगनी नहीं पड़ी होती। कैसे बेहिस लोग हैं इस क्षेत्र के? आज सी एम को देखने के लिए घर-घर से निकल आए हैं परन्तु डूबते समय एकत्रित होना इन्हें याद नहीं रहता।"

"बिलकुल सच कह रहे हो। विगत तीन घंटे से ऐसे ही खड़े हैं जैसे भगवान को देखने आए हैं।"

वे हिकारत से कहते हैं। तभी आसमान में हेलिकाप्टर का शोर उभरता है...। हेलिपैड पर फूलमाला लिये खड़े कुछ लोग एलर्ट हो जाते हैं सी एम साहब के स्वागत के लिए। कैमरे के फ्लैश चमक उठते हैं...। मुख्यमंत्री महोदय इतनी भीड़ को नजरअन्दाज कर मंच पर जाने की हिमाकत नहीं कर सकते थे अत: सबसे मिलने-जुलने लगे। तब तक कुछ लोग मंच की ओर भागे कुर्सी छेकने के लिए...

मंच की कुर्सियाँ माननीय गणों से भर चुकी हैं। मंच पर सभी विशिष्ट लोग शोभित हैं सिवा उनके जो नदी अभियान में वर्षों से कार्यरत थे। दूर-दूर तक बिखरे लोग पंडाल की ओर बढ़ रहे हैं...हम समिति के लोग चुपचाप गेट पर खड़े मानवी प्रवाह में हिचकोले खाते इधर-उधर डोलते हुए...सुन रहे हैं माइक पर सांसद महोदय की गूँजती बातें—

"इस क्षेत्र के मेरे प्रियजनो, साथियो, बन्धुओ, माताओ एवं बहनो...! आपको बाढ़ की त्रासदी से मुक्ति दिलाने के लिए विगत चार वर्षों से मैं एड़ी-चोटी का जोर लगाए हुए था। आज जाकर मेरा परिश्रम सफल हुआ...। अब इस क्षेत्र में बाढ़ एक स्वप्न हो जाएगी...।"

हम एक-दूसरे की ओर देखते हैं...हमारे होंठ वक्र हो जाते हैं...

विकल्प

लोहे का भारी गेट खोलने से चरमरा उठा। लॉन की क्यारियों में पौधों के नीचे झुके आदमी ने चौंककर सर उठाया।

"कौन...कौन है?" खरखराती-सी आवाज आई।

चौंक पड़ी मैं। आवाज तो बिलकुल चाचाजी की है परन्तु क्यारियों में बनियान-पाजामा में बैठे वे कैसे हो सकते हैं? मैंने गौर से पुनः देखा...वे चाचाजी ही थे। पौधों की गोड़ाई करते।

"प्रणाम चाचाजी, मैं हूँ संतो।" गेट को भिड़काकर मैं खरंजे के रास्ते थोड़ा आगे बढ़ी।

रास्ते के दोनों ओर बनी क्यारियों में ओस धुले रंग-बिरंगे डालिया, गेंदा, गुलाब, गुलदाउदी और हजारी के फूल विहँस रहे थे। जनवरी की पीली मीठी धूप हर ओर अलस-सी लेटी थी।

"कौन संतो?" चश्मा ठीक कर पहचानने की कोशिश करते हुए ताज्जुब से उन्होंने पूछा। ताज्जुब शायद मेरी धृष्टता पर हो रहा था उन्हें। इस तरह बेबाकी से गेट खोलकर बिना इजाजत अन्दर घुस आना और आगे बढ़ना।

"रूपा की सहेली संतो, भूल गए क्या चाचाजी?" करीब आते हुए मैंने कहा।

"अच्छा-अच्छा संतो तुम, जाने कैसे पहचान न सका बेटी।" वे बोले। स्वर में नजर कमजोर होने की ग्लानि थी या याददाश्त...समझ नहीं पाई मैं।

"कैसे हैं चाचाजी?" औपचारिकतावश मैंने पूछा। इनसे अधिक बातचीत करने की कभी आदत नहीं रही थी।

"ठीक हूँ बेटी। देख नहीं रही पौधों को सँवार रहा हूँ।" हाथ में थमी खुरपी की ओर इशारा कर वे बोले और हँस पड़े।

"माली काका कहाँ हैं जो आप कर रहे हैं यह सब?" आश्चर्य से मैंने पूछा।

यह सब काम हरिया ही करते थे जिन्हें हम माली काका पुकारा करते। क्यारियों की मिट्टी की गोड़ाई, पौधों की निराई, सीजनल फूल, सब्जियाँ लगाना। पौधों की कटाई-छँटाई करना। खाद पानी देना।

"हरिया तो कब का चला गया अपने गाँव। बहुत बूढ़ा हो गया था न। बुढ़ापे की ओर तो अब मैं भी बढ़ रहा हूँ बल्कि बढ़ गया हूँ। अब समय को उलटा घुमाया भी तो नहीं जा सकता न?"

वे धारा-प्रवाह बोल रहे थे और मैं अपनी स्मृति पर जोर डाल रही थी कि क्या एक साथ इतने शब्दों का पहले कभी संवाद हुआ था हमारे बीच? वर्षों उस घर में आने-जाने के दरमियान भी इतनी बातें नहीं हुई थीं इनसे। उनके इस खुले व्यवहार से संकोच हो रहा था मुझे। लगा, सदा से मितभाषी रहे चाचाजी आज शब्दजाल में जकड़ लेना चाहते थे मेरे पैरों को जैसे यदि वे चुप हुए तो मैं भाग जाऊँगी। मैं समझ नहीं पाईं, क्यों?

"खैर छोड़ो ये बातें, यह बताओ कब आईं?"

"परसों ही।"

"तो आज आ रही हो यहाँ, हम लोगों की याद नहीं आती?" कहकर वे फिर हँस पड़े।

मुझे उलझन-सी होने लगी। बात को मोड़ने के खयाल से मैंने पूछा—

"चाचीजी कहाँ हैं?

"अन्दर है, जाओ मिल लो।" कहकर वे फिर क्यारियों में झुक गए।

आहिस्ता-आहिस्ता चलते हुए मैंने बरामदा पार किया। दरवाजा खुला था। दस्तक देने की जरूरत नहीं पड़ी। झिझकती हुई अन्दर दाखिल हो गई। ताज्जुब हुआ—पूरे घर में सन्नाटा व्याप्त था, परन्तु अव्यवस्थित कुछ भी नहीं था। वही पहले-सी साफ-सफाई। वही टाइल्स लगा पुराना फर्श, लेकिन चमकता हुआ। सलीके से सजा हुआ ड्राइंग रूम। आलमारियों में करीने से

रखी हुई पुस्तकें...शो पीसेज। परदों के रंग तक जरा भी मलिन नहीं थे। कहीं से आभास मात्र नहीं हो रहा था कि वर्षों बाद आई हूँ मैं इस घर में या यह दो उम्रदराज लोगों का घर है। कमी थी तो मात्र किलकती आवाजों की, जिनकी उपस्थिति कभी इसे जीवंत बनाती थी। चकित-सी हर चीज को निहारती हुई मैं पीछे वाले बरामदे में निकल आई।

बरामदे में रखी बेंत की कुर्सी पर बैठी चाचीजी चहारदीवारी के समीप क्रमवार लगे अमरूद के पेड़ों को निहारने में इतनी तल्लीन थीं कि मेरे पैरों की आहट पर भी नहीं चौंकी या मुड़ीं। लगा शायद उन्हें चाचाजी के आने का गुमान हुआ होगा। मैं थोड़ा पीछे ही ठहर गई। उनकी एकाग्रता में खलल डालना उचित नहीं लगा। आश्चर्य हो रहा था, इतनी तन्मयता से आखिर वे देख क्या रही हैं? पेड़ों पर क्या किसी खास पक्षी ने घोंसला बनाया है? इतने बड़े घर में, घर क्या बँगले में सिर्फ दो प्राणी। दोनों दो छोर पर। दोनों छोरों के मध्य गहन सन्नाटे का प्रवाह।

आते समय पूरे रास्ते सोचती आई थी जाने कैसे होंगे ये लोग? कैसे होंगे सहन लॉन में लगे फूलों के पौधे? कैसे होंगे अमरूद और करौंदे के पेड़? दुर्लभ प्रजाति के फूलों के पौधे, जो खास चाचाजी की पसन्द के होते—जिन्हें वे कहाँ-कहाँ से ढूँढ़कर मँगवाते और मुस्तैद होकर माली से लगवाते थे। सब सूख चुके होंगे। अब उन अमरूद और करौंदों को खाने वाला भी कोई नहीं होगा। रिटायरमेंट के बाद चाचाजी घर पर ही रहते होंगे और उनके डर से कोई बाहरी बच्चा भी अन्दर नहीं फटकता होगा। माँ की तरह चाचीजी के भी टखनों, घुटनों में दर्द रहता होगा।

परन्तु यहाँ तो बिलकुल उलट लगा सब कुछ। आगे की तरह पीछे का किचेन गार्डेन भी हरा-भरा था। अनुपात में बनी क्यारियों में मिर्च के पौधे फलों से लदे हुए थे। किसी में पालक, धनियाँ, मेथी और लहसुन के पौधे लहलहा रहे थे तो किनारे-किनारे गेंदा, हजारी, लटगेनी के रंग-बिरंगे फूलों को मुस्कराते देख मन प्रसन्न हो उठा। मात्र मेरी यादों में समय बीता हुआ लगा वरना यहाँ तो सब कुछ वहीं का वहीं ठहरा-सा अनुभव हुआ। लगा, सिर्फ घर के अन्दर

सन्नाटा पसरा था, लॉन और किचेन गार्डेन तो बोल-बतिया रहे थे। मुखर थे। चहारदीवारी से सटे सरबुलन्द नारियल के कुछ पेड़ों पर बया के बोतलनुमा घोंसले लटक रहे थे। बड़ा ही जीवंत वातावरण था।

इस आलीशान बंगले में बचपन से लेकर जवानी तक का पल गुजरा था मेरा। चाचीजी के तीन बच्चे, शानू दी, सुरेश भैया और रूपा। रूपा मेरी घनिष्ट सहेली थी। शानू दीदी के स्नेह, दुलार ने कभी रूपा और मुझमें फर्क नहीं समझा। समान भाव से बरसता रहा हम दोनों पर। सुरेश भैया रूपा से बड़े थे। उनसे भी सदा बड़े भाई-सा स्नेह मिला। चाचाजी का आला अफसर का पद, चाचीजी का शानदार रहन-सहन भी कभी बाधा नहीं बना मेरे यहाँ आने में। सरकारी आवास होते हुए भी वे यहीं रहते थे। ये अमरूद के छतनार पेड़ तब हमारी ही तरह शैशवावस्था में थे। शुरुआत में इन पर कम फूल व फल आते, पर वे भी कहाँ बच पाते थे हमसे। कच्चे ही समा जाते हमारे उदर में। बन्दर नाम रखा था चाचीजी ने हम तीनों का...। तीनों यानी रूपा, मेरा और सुरेश भैया का। शानू दी आरम्भ से ही गम्भीर प्रकृति की थीं। हमारी उछल-कूद या कारस्तानियों की सहभागी कभी नहीं बनीं वे। हमेशा पढ़ती रहतीं। स्कूल से आने के बाद भी।

मेरा यह आलम था कि स्कूल से आने के बाद जल्दी-जल्दी होमवर्क पूरा करती और भागती यहाँ। माँ पुकारती रह जाती—"संतो-संतो...सुन तो जरा?" पर संतो कहाँ सुनने वाली थी। रूपा की प्रतीक्षा की डोर खींच लाती अपनी ओर। शाम को लौटने पर भले ही मेरी जमकर खबर ली जाती...पिताजी द्वारा कम, माँ के द्वारा अधिक। दो भाई-बहन में मैं बड़ी थी, भाई से सात वर्ष। सात साल छोटा भाई न मेरी बात समझ सकता था न मेरे साथ खेलने लायक था। वह पढ़ाई और अपने हमउम्रों में ही व्यस्त और मस्त रहता था। पर मुझे क्या गम था? बहन, भाई, सखी, सहेली सभी की कमी पूरी हो रही थी इस घर में।

चाचीजी की खास हिदायत थी कि जो भी खेलना है इसी कम्पाउंड के अन्दर। गेट से बाहर बिलकुल नहीं जाना है। उनका हुक्म पत्थर की लकीर।

चाचाजी की व्यस्तता ने उनके कन्धे पर दोहरे दायित्व का बोझ डाल दिया था पिता और माँ दोनों का। बच्चों की परवरिश कैसे की जाती है, शिक्षा-दीक्षा लाड़-दुलार उन्हें दिया जाय पर सभी सीमा के अन्दर, उनका सिद्धान्त था। पर वे सजग बहुत थीं। नौकरों की फौज के बावजूद किचेन से अपना नाता नहीं तोड़ा था उन्होंने। बच्चों की पसन्द का खाना, नाश्ता, चाचाजी के लिए कोई स्पेशल डिश, वे स्वयं बनातीं या अपनी निगरानी में तैयार करवातीं और अपने परिवार व गृहस्थी में सदा मगन रहतीं। सदा उत्साहित रहतीं। अत: जो भी उत्पात हम लोगों के द्वारा होता, चाचीजी के सो जाने के बाद, ज्यादातर गर्मी की दोपहरी में जब छुट्टियाँ होतीं। फिर बरसात आ जाती। तब ये अमरूद खूब खिलते। खूब फलते किन्तु पकने नहीं पाते थे हमारी वजह से।

छुट्टी के दिन जब चाचाजी घर पर बैठे होते, चाचीजी मधुमक्खी की तरह उनके इर्द-गिर्द ही मँडराती रहतीं। उनकी मुस्कराहट और बढ़ जाया करती। एक पैर रसोई में, दूसरा चाचाजी के पास। तीनों बच्चे भी उनके पास ही सिमट जाते। पिता की तरह वे उनसे उनकी दिनचर्या पूछते। पढ़ाई के विषय में बात करते। तब मैं चुपके से खिसक जाती वहाँ से। कुछ कमी-सी महसूस होती कि मेरे पिताजी इतने सजग क्यों नहीं हैं बच्चों के प्रति। कॉलेज से आने के बाद भी वे क्यों घिरे रहते हैं सदा मित्रों से।

समय भागता रहा। चाचाजी का तबादला होता रहा—इस शहर से उस शहर...। हम स्कूल छोड़ कॉलेज में आ गए। अमरूद के पेड़ भी बढ़ते गए हमारी तरह...एक जगह थमे और जमे पर अमरूद पर हमारा चढ़ना, विजयी भाव से अमरूद तोड़ना और उदरस्थ कर जाना बदस्तूर जारी रहा। शानू दी कभी-कभी हँसकर झिड़की देतीं—अभी तक बचपना नहीं गया तुम लोगों का? तुम लोगों में अब मैं और रूपा ही रह गई थीं। सुरेश भैया आई.आई. टी. कम्पलीट कर महानगर चले गए थे पढ़ने के लिए। छुट्टियों में कुछ दिनों के लिए आते तब महानगर की दूरी की तरह हमारे बीच भी अब दूरी का एहसास होता। न वह पहले वाला धौल जमाते हमारी पीठों पर न उस तरह बेतकल्लुफी से बातें करते।

शानू दी आई.पी.एस. की तैयारी में जुटी थीं। अब वे पहले से ज्यादा व्यस्त रहतीं। इंस्टीट्यूट जातीं। फिर अपने कमरे में बन्द हो जातीं। उनकी मौजूदगी का एहसास पहले भी कम होता था। अब तो और नहीं होता था। रूपा और मेरे ग्रेजुएशन का यह आखिरी साल था। माँ की डाँट-फटकार पर अमल करते हुए पढ़ाई पर अधिक ध्यान देने लगी थी मैं। रोज-रोज का यहाँ आना हफ्ते में बदल गया था या पखवारे में। इस बीच शानू दी कम्पीटिशन दे चुकी थीं। हमारी परीक्षा भी समाप्ति की ओर थी।

शानू दी आई.पी.एस. में सलेक्ट हो गईं। उनकी शादी भी उनके पसन्दीदा आई.ए.एस लड़के के साथ हो गई और वे अपनी पोस्टिंग पर चली गईं। लगा डाल के पक्षी एक-एक कर उड़ रहे हैं अपना बसेरा कहीं और बसाने। आई.पी.एस. में रूपा ने भाग्य आजमाया। सफलता नहीं मिली। आई.पी.एस. या आई.ए.एस. के नीचे उसे कुछ भी पसन्द नहीं था। पर चाचाजी के सुझाव या दबाव पर उसने आई.आई.एम. में दाखिला ले लिया और सफल हो अच्छी कम्पनी में जॉब पर चली गई। मेरे प्रोफेसर पिता को लड़कियों का शिक्षिका होना अधिक सुविधाजनक लगता था। मैं पी-एच.डी. कर लेक्चरर हो गई। शादी हुई। बच्चे थे और थी ढेर सारी व्यस्तताएँ।

इस तरह बवंडर में बिखरे तिनकों की भाँति हम सब बिखर गए थे यत्र-तत्र। किसी सूरत मुलाकात नहीं हो पाई थी वर्षों से। कभी माँ के पास आई छुट्टियों में तो चाचाजी का बंगला बन्द मिला। कभी पता चला वे यात्रा पर गए हैं कहीं, तो कभी सुरेश भैया के पास। मायूस हो लौट जाती रही थी। बहुत मुश्किल से निकाला गया समय माँ के लिए ही पूरा नहीं पड़ता था। सदा उनकी शिकायत होती—

"कुछ दिनों और ठहर जाती न संतो बेटा। न तुम्हारा आना मालूम पड़ता है न रहना।" कैसे समझाती उन्हें, गर्मी की छुट्टियाँ मात्र मेरी और बच्चों की होती हैं। पति की नहीं। एकमुश्त इतनी छुट्टियाँ मिलनी कहाँ सम्भव हैं किसी प्राइवेट कम्पनी के मैनेजर के लिए। मैं माँ की हथेलियाँ थाम लेती। मुस्कराकर अपनी व्यस्तता का वास्ता देती...वे मौन हो जातीं...। हर बार मिलने की खुशी

से ज्यादा जाने का अपराधबोध सालता मुझे। छोटा भाई भी कम्पीटिशन की तैयारी के लिए बाहर चला गया था। पिताजी के रिटायरमेंट में अभी कुछ अवधि शेष थी। उनकी व्यस्तता बनी हुई थी। माँ अकेली पड़ गई थीं।

पिताजी के गालब्लाडर में स्टोन हो गया था। उसी का ऑपरेशन हुआ था। मिलने आई थी उनसे। सोचा देखूँ शायद चाचाजी-चाचीजी से मुलाकात हो जाय। अरसा हो गया था। इन लोगों को देखे, मिले। बात किये। कभी-कभी अपने घर के कम्पाउंड में अमरूद के पेड़ों को देखकर यहाँ के पेड़ों की याद आ जाती और मेरे होंठों पर हल्की-सी मुस्कान थिरक उठती। जी चाहता फिर वही संतो बन जाऊँ। चढ़ जाऊँ इन पेड़ों पर। तोड़ लाऊँ ढेर सारे अमरूद। अपना तोड़ा हुआ अमरूद कितना मीठा लगता था। मेहनत के मीठे फल जैसा।

"नमस्ते चाचीजी।" मैं थोड़ी ऊँची आवाज में बोली। उनका ध्यान आकृष्ट करने के खयाल से। वे हड़बड़ा गईं—

"कौन...कौन है?" हकलाती हुई वे पीछे मुड़ीं...

"मैं हूँ संतो।"

"हैं...संतो तू...कब आई?"

"बस थोड़ी देर पहले ही।"

"आ बैठ...।" पास वाली कुर्सी पर बैठने का इशारा किया उन्होंने।

मैं बैठ गई।

"कितने वर्षों बाद देख रही हूँ तुझे...जरा भी नहीं बदली है तू तो?"

"कैसे नहीं बदली हूँ चाचीजी, पहले से मोटी हो गई हूँ।" कहकर मैं हँसी।

"बस जरा-सा बदन भर गया है...इसे मोटी नहीं कहते पगली।" वे बोलीं। वही प्यारी-सी आत्मीयता भरी झिड़की। 'यस मैडम।' 'जी मैडम' की पुकार में इस बोल को सुनने के लिए तरस गए थे मेरे कान।

"माँ-पिताजी कैसे हैं?"

"माँ ठीक हैं—पिताजी के गालब्लाडर का ऑपरेशन हुआ है। उन्हीं से मिलने आई हूँ।"

"अब ठीक हैं न?"

"जी, छोटा-सा ऑपरेशन था। अब नॉर्मल हैं।"

"हाँ अब तो मशीन से ही निकाल देते हैं स्टोन। पहले लम्बा चीरा लगाना पड़ता था तो कष्ट भी ज्यादा होता था।"

"जी चाचीजी, पर आप इतनी तन्मयता से क्या देख रही थीं उधर?"

"उन पेड़ों को, बेटा।"

"पर अभी तो उन पर फल भी नहीं लगे हैं?" ताज्जुब से मैंने पूछा।

"पेड़ पर लगे उन घोंसले को।"

"अच्छा-अच्छा—उस घोंसले को?" उँगली से उसे इंगित कर मैं बोली... और हँस पड़ी।

"हाँ संतो—देख ना कितने परिश्रम से चिड़ा-चिड़ी तिनका सहेज कर बना रहे हैं उसे। शायद चिड़ी अंडा देने वाली है।"

"यह तो सृष्टि का विधान है चाचीजी।"

"नहीं—यह माँ-बाप का दायित्वबोध है। क्या मनुष्य, क्या पशु-पंछी सभी अपने बच्चों की सुख-सुविधा के लिए सब कुछ न्योछावर कर देते हैं। अपना सुख, समय और श्रम...। ख़ैर छोड़ इन बातों को। आ तुझे अपने पोता, पोती, नातिन, नातियों का फोटो दिखाऊँ...।"

वे कुर्सी से उठीं, मुझे लिये हुए बेडरूम में आ गईं। वही पूर्ण व्यवस्थित बेडरूम। हर चीज साफ़-सुथरी अपनी जगह पर रखी हुई। पहले की भाँति। डबल बेड पर हल्के पिंक और ह्वाइट कलर के फूलों वाली बेडशीट। छोटे-छोटे चार-पाँच सुन्दर कवर लगे कुशन जैसे पहले रहते थे। उनके कवर का रंग जरा भी फीका नहीं पड़ा था। बेड पर ही मैं बैठ गई।

बार्डरोब खोलकर उन्होंने एलबम निकाला। वार्डरोब के अन्दर भी वही स्थिति थी। एक भी कपड़ा अव्यवस्थित, मुचड़ा या इधर-उधर बिखरा हुआ नहीं दिखा। या तो वे हैंगर से लटक रहे थे या सलीके से तहाकर रखे हुए थे।

तीन बड़े-बड़े एलबम उठाए वे बिस्तर पर आ बैठीं। तीनों बच्चों की यादों का जखीरा। एलबम खोलकर एक-एक तसवीर दिखाने लगीं। तसवीरों के साथ परिचय और स्थान भी बताती जा रही थीं। कभी उनके होंठों पर

उत्फुल्ल मुस्कान उभरती...कभी चेहरे पर हल्की उदासी छा जाती जो फौरन फिर उत्फुल्लता में बदल जाती।

"सुरेश अभी मांट्रियल में है। बहू भी इंजीनियर है। दो बच्चे हैं उसके। शानू और रूपा के भी दो-दो बच्चे हैं। लड़का-लड़की बराबर। सभी अपने जॉब में व्यस्त रहते हैं।"

"आते रहते होंगे यहाँ?"

"कहाँ बेटा, सभी की अपनी व्यस्तताएँ हैं, ड्यूटी की। बच्चों की पढ़ाई की। हमें ही बुलाते हैं वहाँ।"

"तो जाते रहते होंगे आप लोग उनके पास?"

"हाँ, कभी-कभी कुछ दिनों के लिए।"

"कितना अच्छा लगता था जब सभी यहाँ थे। हर ओर रौनक रहा करती थी।" मैं बोली।

"समय कभी थमता नहीं बेटा, थम जाए तो अनर्थ न हो जाएगा। उसका काम ही है चलते रहना, बिना आगा-पीछा देखे। हर प्रभाव से अप्रभावित... अलिप्त...।" सहज स्वर में वे बोलीं।

"अकेले रहना कैसा लगता है चाचीजी, ये सन्नाटे परेशान करते ही होंगे?" मैंने पूछा। लगा जब कुछ देर के लिए मुझे ये इतने भयावह महसूस हो रहे हैं तो इन्हें...माँ भी तो इस सन्नाटे से ऊब जाती हैं, कहती हैं—'समय बिताए नहीं बीतता है, ऐसे कैसे कटेगा जीवन, पलों को गिनते हुए बेटी?'

मेरा प्रश्न सुनकर वे हँसीं...। उनके खूबसूरत और भरे-भरे चेहरे पर आई हल्की-सी झुर्रियों ने वहाँ कुछ भी स्पष्ट नहीं होने दिया। न प्रसन्नता, न उदासी...न ही अकेलेपन की पीड़ा। वहाँ मैं कुछ टटोलती तभी वे बोलीं—

"हमें बच्चों से सीख लेनी चाहिए पुराने रिश्तों से मोह छुड़ाने की। हम ही तो उन्हें बाहर भेज देते हैं पढ़ने। धीरे-धीरे वे हम पर आश्रित रहना छोड़ देते हैं। दूरियाँ हमारे रिश्तों की उष्णता को सोखती जाती हैं और जब उनका अपना दायरा बढ़ता है, वे हमारे बिना जीना सीख जाते हैं। उनकी दुनिया में हमारे होने का एहसास तो होता है पर हम कहीं नहीं होते। इसका दुख भी नहीं

मनाना चाहिए हमें। हमारे संग उनका जो समय बीता, वह पूर्णता तो प्रदान कर ही गया। यह समय अब जिस चाल से चल रहा है...उन्हें तो शायद अपने बच्चों से इतनी पूर्णता का भी सौभाग्य मिलेगा, सन्देह है। दुख हमें अपेक्षा के एवज में ही मिलता है। जैसे पुत्रियों के जन्म के समय से ही हम उन्हें पराई मानकर अपनी अपेक्षा नहीं बाँधते उनसे। पुत्र के साथ बँधी अपेक्षा का यही संजाल हमें उनके रवैये से संताप देता रहता है। जिनके बच्चे उनके पास हैं, क्या वे बहुत सुखी हैं? दुख या खालीपन हमारे खुद के एहसास होते हैं, इसे सुख या पूर्णता में बदलना अपने वश की बात है। हाँ जो लोग अपने बच्चों पर आर्थिक रूप से आश्रित हैं उनकी अपेक्षा जायज है। तो भी उस हद तक ही, जब तक उस पर बोझ समान न हो जाएँ।"

"तो भी चाचीजी, क्या सब्र इतना सहज है उनके सुख-सान्निध्य की अपेक्षा का?"

"जब तू मेरी उम्र की हो जाएगी न तब याद करना यह प्रश्न...। जवाब स्वतः मिल जाएगा तुझे। रही सन्नाटे की बात, तो ये अपना धर्म निभाते हैं। इनसान अपना। समय के साथ इनसान को भी बदलना सीखना चाहिए। बच्चों का जाना यथार्थ है। उन्हें रोकना स्वार्थ होता पर उसका विकल्प तो अपनाया ही जा सकता है।" वे बोलीं। बिलकुल तटस्थ दार्शनिकों वाली भाषा और मुझे लेकर किचेन में आ गईं।

"चल तुझे अच्छी-सी चाय पिलाती हूँ। अपने हाथ की।"

"नौकर नहीं है चाचीजी?" ताज्जुब से मैंने पूछा।

"नहीं, एक बाई है। सुबह-शाम आकर बर्तन-बासन और झाड़ू-पोंछा कर जाती है। खाना वगैरह मैं खुद बनाती हूँ।" वे बोलीं सहजता से। पूछना चाहा—कैसे कर लेती हैं इतना कुछ इस उम्र में, आपके घुटने-टखनों में दर्द नहीं होता? माँ तो बराबर घुटने-टखने के दर्द से हलकान रहती हैं। कल ही बिसूरती हुई बोली थीं—'संतो, अब काम करने की जरा भी इच्छा नहीं होती। घुटने का दर्द रुला देता है, उठने-बैठने में। जाने कैसे कटेगा जीवन इस तरह...?' पर नहीं पूछा।

उन्होंने चाय चढ़ाई। मैंने आग्रह किया—

“चाचीजी, आप हटिए न, चाय मैं बनाती हूँ।” वे नहीं मानीं, बोलीं—

“डर मत। उतनी बुरी नहीं बनाती मैं चाय।”

चाय की ट्रे लिये हम पुनः पिछले वाले बरामदे में आ गईं। एक प्याला लिये वे बाहर वाले बरामदे की ओर मुड़ गईं, चाचाजी को देने। फिर शीघ्र ही आ गईं।

हम चाय की चुस्कियाँ लेने लगीं। वाकई चाय बहुत अच्छी बनी थी। अच्छी चाय के लिए उन्हें धन्यवाद देना ही चाहती थी कि हल्का-सा शोर उभरा...और देखते-देखते बरामदे में चौदह-पन्द्रह बच्चे आ खड़े हुए। सभी के कन्धे पर स्कूल बैग थे। अचकचाकर मैंने उनकी ओर देखा। ...उनके होंठों पर अर्थपूर्ण मुस्कान थी।

“इन्हें मैं पढ़ाती हूँ। निःशुल्क। किताबें, कॉपियाँ भी मैं ही देती हूँ इन्हें। कभी बाहर जाती हूँ तो ये लोग प्रतीक्षा करते रहते हैं मेरे आने की। आते ही बिना किसी सूचना के दौड़े चले आते हैं यहाँ।” वे उत्साह से बोलीं।

“कब से?”

“दस-ग्यारह वर्षों से। कितने बच्चे तो दसवीं का इग्ज़ाम भी दे दिये हैं।” वे बोलीं और बच्चों के नमस्कार का जवाब देते हुए उन्हें पास रखी बेंचों पर बैठने का इशारा किया।

उन्हें नमस्कार कर मैं उठ खड़ी हुई। बैठे रहना बेमानी लगा। गेट से बाहर आते हुए मेरा मन अजीब-सी सन्तुष्टि से चूर था। व्यस्तता का यह विकल्प बड़ा ही सुन्दर और यथार्थपूर्ण लगा...।